世界少年经典文学丛书

海豹历险记

[法]迪尔迪科娃　著

马海旭　编译

中国出版集团　现代出版社

图书在版编目(CIP)数据

海豹历险记／（法）迪尔迪科娃著；马海旭编译. —北京：现代
出版社，2013.2

ISBN 978 – 7 – 5143 – 1252 – 2

Ⅰ．①海… Ⅱ．①迪… ②马… Ⅲ．①儿童故事 – 作品集 – 法国
– 现代 Ⅳ．①I565.85

中国版本图书馆 CIP 数据核字（2013）第 021100 号

作　　者	迪尔迪科娃	
责任编辑	刘　刚	
出版发行	现代出版社	
通讯地址	北京市安定门外安华里 504 号	
邮政编码	100011	
电　　话	010 – 64267325　64245264（传真）	
网　　址	www.xdcbs.com	
电子邮箱	xiandai@cnpitc.com.cn	
印　　刷	三河市嵩川印刷有限公司	
开　　本	700mm×1000mm　1/16	
印　　张	9	
版　　次	2013 年 2 月第 1 版　2021 年 8 月第 3 次印刷	
书　　号	ISBN 978 – 7 – 5143 – 1252 – 2	
定　　价	29.80 元	

序　言

　　孩子是未来的希望，是父母心中的天使，是充满快乐的精灵。小学阶段更是孩子最快乐的时光，是孩子成长发育的黄金阶段。为了让孩子学习更多的课外知识，享受更加丰富的学习乐趣，我们策划了本丛书！

　　从小让孩子多读课外书，对培养孩子健康的心态和正确的人生观无疑将起着非常重要的作用。自《语文课程标准》公布以来，不少富有敬业精神、有才干的教师，在他们的教学中，担当起阅读教育的重担。他们在严谨的选材中，利用丰富的文学资源，向学生推荐了大量优秀的课外读物，实施了以"练成阅读和作文的熟练技能"为重要内容的阅读教育。大千世界充满了丰富的知识。阅读能丰富小学生的语文知识，增强阅读能力，提高写作水平，开阔视野，增长智慧。阅读本丛书，能够使孩子享受到阅读的快乐，激发起更浓厚的阅读兴趣，孩子的生活将充满新的活力与幸福！本丛书精选了世界名著和中国经典书目中流传最广、影响最大、最脍炙人口的作品，是培养小学生理解能力、记忆能力、创造能力的最佳课外读物。

　　最后需要指出的是，本丛书把世界上流传甚广的经典童话、寓言等也尽收其中，并将这些文学作品重新编写审订，使作品在不影响原著的基础上更适合少年儿童阅读，在丰富他们课余生活的同时提高语言和文字表达能力。本丛书通过科学简明的体例、丰富精美的图片等有机结合，使小读者不仅能直观地领略作品的精髓，而且还能获得更为广阔的文化视野和愉快体验。希望本丛书能成为孩子生活的一缕阳光照亮孩子前进的道路，能成为一丝雨露滋润孩子纯净的心灵。

编　者

目　录

海豹历险记

　　从前，有一群海豹在海中快乐地生活着。它们中间有年纪大的，也有年纪较小的。一些是刚刚生下十五天的海豹宝宝，它们全身长着微微卷曲的白绒毛，只会吮奶和吃雪，没有独立生存的能力。一些是非常肥胖，下巴足足有三层，生着长长的胡须，看上去好像总是在打盹儿。有些则是海豹妈妈，他们耐心地照管着自己的小娃娃们。那些年纪大的海豹中，还有海豹爸爸、海豹伯伯、以及海豹叔叔、海豹婶婶还有海豹爷爷和海豹奶奶、海豹的太爷爷（曾祖父）、海豹的太奶奶（曾祖母）。那些年轻的海豹中，有些不过是两岁，三岁或四岁的海豹小伙子和海豹小姑娘。他们身上都还披着灰蓝色的皮毛，好像海神和美人鱼那般漂亮！

　　这一队海豹是属于格陵兰的"北海"豹种，是北冰洋中最有名的种族。他们的祖先们曾经统治过世界的七个大海和两个大洋。

　　海豹们随着年龄的增长，背脊上都会长出一簇簇深色的毛，它的形状犹如卧倒状的竖琴。一般的小海豹、上了年纪的老海豹和蓝色的海豹，看见了有这种高贵标记的海豹，都会对他们表示器重和尊敬。

　　这一群海豹的领袖名字叫做达格。他是在全队中年纪最大，毛最粗，身体最胖，最聪明的一位。每逢遇到危险的时候，他总是会发出沙嗄的叫声，警告全队注意。平时，他也经常给族中的海豹解决日常的纠纷，指导年轻的妈妈们照顾孩子。每逢大群出动，他总是游在最前面，领头指导动物们。

　　达格年纪虽然有些大，但是它很喜欢加入小海豹们的游戏队伍。小海豹们像闪电那样快速地追来追去，还不停地狂叫乱喊，在一起高兴地捕捉猎物，使浪花翻腾着。

　　在许多子孙中，达格最钟爱的是曾孙史卡夫。他是一只谁都比不上的——又机灵、又谨慎而且又勇敢的小海豹。

　　史卡夫在捕鱼的时候，从不会错失他的猎物。他总是巧妙地逃开角鲨张开的大嘴。每逢同伴们遇到危险的紧要关头，他总是毫不犹豫地就冲上去援救。

　　他生得是那么美，身上皮毛在干燥的时候就会显出灰色的斑点，腹下还有一块地方是白色，那形状就像新月。潮湿的时候，他身上的毛也比堂兄弟的显得更加蓝。他的眼睛要比北极的夜色还美。

　　史卡夫拥有四个十分要好的伙伴，他们是：冒险家斯伦、捕鱼家贝卡、气象家卡拉和天文学家奈葛里。在他们这一群里，除了史卡夫，要属斯伦生得最小最伶俐，斯伦经常引导他的堂兄弟和堂姊妹们一起去海边做急流游戏。对于水流的知识他比任何海豹都丰富，他简直就像人一样聪明。贝卡的特长就是善于探寻出鳕鱼群和鲱鱼群最集中的地方。他时常潜入水底，就像流星一闪那样快。他在水里吃鱼的时候，好像玩着掷球玩具。卡拉顶喜欢在大雾里、狂风里、浪涛里和冰块间的撞击声中玩耍。他还会预报天气，报告即将要来的风暴。而在这北极漫漫的长夜里，这样停止了游泳，仰望着繁星绕着北极星慢慢移动的会是谁呀？一夜都不睡，等着去看那黎明时颤动光幕的是谁呀？对于东南西北方向知道得那么清楚的是谁呀？他就是小奈葛里，天文学家啊！

　　这群海豹们漂浮在洋面大冰山的旁边、神奇的北极世界里生活。地理学家把那里称作"北冰洋"，但在海豹的语言里把它称作"好海"。

　　在这一带，情形和其它地方完全不同。这里一年的热天只有三个月：从六月开始一直到八月底就停止。其余都是处在寒冷的季节里。假如在史卡夫生活的地方，非常幸运地遗留下一只摄氏寒暑表，那么在最冷的时候，表上有可能显示降到 - 50℃以下！这样冷的天气，只有海豹能经受得住。

　　在夏天，太阳整天挂在天空上，从不落下去；半夜里，太阳只降到地平线上，又红又大的……人们以为它快要落下去了，可是没有这回事，它之后又重新升了起来，好像在天空巡逻。整整三个月过去了，一直都是这样，一直没有黑夜的出现。

　　九月初，北极地区的太阳好像感到疲倦了，开始要落下去，最初只会落下去一小时，后来逐渐放长，加长为两小时，三小时……它渐渐贪睡了，睡起懒觉来了。在十一月份的时候，它要在上午十一点钟才起身，而且又在下午两点钟就会睡觉。再后来，它更加懒了，索性睡着就不起来了，一直有三个月都是整天在黑夜中，月亮在天空里巡逻，也不下去休息。

不过，在那漫漫的长夜里，有时太阳会从地平线下突然投射出闪电似的光芒来，在天空里出现那一条条、一圈圈或者一幅幅变幻不停的美丽的彩色光波来，这就是北极光。

到了暖季的初期，白雪逐渐开始融化。大冰山的边缘也开始开裂、剥蚀，脱落下来，许多大冰块形成覆盖在小岛屿上面的冰川涌向北冰洋。海洋醒了，摆脱了封锁在它上面的冰，以汹涌的浪涛和吓人的冲击声，带动着奇形怪状的冰山，向南流去了。

冬天已经过去了一大半儿，北极的长夜刚刚结束。这时太阳羞怯地重新出现在天空。在一层厚雪的下面，躺着像台面一样平滑的一块大浮冰，一望无际地延伸到很远的地方。面朝一个大岛屿，有很多蓝色的小海湾和粉红色的小岛散布在海峡上。一队一队的大大小小的鳕鱼们在那里游来游去。

在这个时期，达格和他的家人都舒舒服服地过着捕鱼的生活；他们都眼看着那些吃得很胖的年轻海豹们，在水里快乐地嬉戏着，大部分的时间是在水中度过的。

史卡夫领导他的同伴们做着各种各样的游戏，总的来说应该还是要算"鲱鱼球"最受欢迎了。贝卡用头一顶，就把一条鲱鱼挑起，抛到了空中，他的同伴们只有跳起来才能抢到手。"跳海豹"也是他们最爱玩的游戏之一。先是由一只海豹在水面上游动，另外一只马上追过去，从他的身上跳过去，笔直地向前面逃去，直到第一只再追上去，并且照样跳过他的身子。"捉鱼比赛"也是一种很流行的游戏，卡拉、斯伦、奈葛里或者别的海豹，先选定浅水处的一条条游鱼做目标，接着他们便拉开距离，尔后一齐跳下水去追捕。这是一种抢时间比速度和耐力的潜水竞赛。史卡夫往往就是得胜者。

对有趣的"抢鸟食"游戏有一手绝招的贝卡，守候着那些在波涛上盘旋飞翔的燕鸥。当其中的一只收起它那展开的银色翅膀，去突击一条可怜的鳕鱼的时候，贝卡比闪电还要快，跑上去就抢先吃掉了鱼，有时候还可以把鸟也捉到手。

一般的海豹潜水的标准纪录是二十分钟，可史卡夫超过了四十又十分之三秒，成功地打破了这个纪录。他在潜水时，紧闭鼻孔，直到他那逗人的脸浮出水面，才张开鼻孔，深深地吸上一口气。随即他又快速潜下水面，想多看一看他那卷曲的胡须以及美丽的眼睛都来不及。

史卡夫和他的同伴们往往在大浮冰的下面潜游。他们换气时，就砰砰砰地用头撞碎冰块；嘎吱嘎吱地用前爪在冰底下挖了一个洞。他们是这样弄穿冰块的，使得那些海豹的小弟弟小妹妹们以及那些一岁的海豹娃娃能在冰块底下游泳，没有闷死的危险。

那些年轻的海豹们是很活跃的，他们努力睁大眼睛，闭着鼻孔，有时会跳到水深的地方那些绿色海藻丛里捕捉海虾；有时会游到暗礁那里的隙缝里拉出海里来吃。他们还会潜游到海底的沙滩上，去捕捉一些贝类和海盘车。他们经常成群结队地到远处去寻找水世界里奇异的景色以及动物。每逢他们从远途旅行回来时，这支快乐的队伍，往往都会在亮晶晶的冰块之中，掀起一场十分大的骚动，欢声震天响。

唉！想不到倒霉的事情就要来了。在四月的一天，不知道从哪儿来几条角鲨，肆意地屠杀海豹。达格的十二个侄孙们都丧身在他们凶猛的嘴里。还有五只小海豹被箭鱼的像利剑一样的上腭刺死了。有一次，斯伦带领的其中一支探险队，就中了海象的埋伏。他们在战斗过程中，有九只海豹死在了这些无情的恶魔般的獠牙下。

再也没有过去的闲情逸致了！史卡夫、卡拉、斯伦等人只有一个念头：为他们的堂兄弟和堂姊妹们报仇。海豹妈妈们主张离开这一带悲惨的海洋。年老的达格却不知道应该怎么办，因为天气突然又冷起来了。就在几天前，这个海湾是畅通无阻的，现在就结冰了，一直冻结到了岛边。海豹们心里明白，大家马上又要被禁锢在大浮冰的底下了。于是他们把那些通气洞里的积雪打扫干净，并且还把其中有些洞扩大了一点儿；在水平面以上的有些地方，用那些在河里挖的一点儿冰，做成了一些防海魔袭击的安全掩蔽所。

有一天，冰上突然出现了好几只白熊，在洞的四周围徘徊了一会儿，之后，就阔步离开了，就去长途旅行了。

海豹们时刻保持着警惕。有时，他们也爬到大浮冰上面来，但是总是非常谨慎，只要稍有动静，就立刻警惕起来。

有一天史卡夫在奈葛里和几个海豹的伴同下，跑到水面上去呼吸新鲜空气，他望见大冰原的天边儿有一个黑点儿，而且逐渐在变大。不久，他就看见十二只小狗拖着一辆雪橇跑来，一个人坐在前头，另外一个站在后面。

所有的海豹见状都钻进洞去。唯独史卡夫还停留在自己的洞口，它藏在一个积雪坡后。

十二只小狗停止了脚步，雪橇上的那两个人走了下来。他们的脸孔肤色都偏黄，脸盘儿也很大，带有蒙古人种的小眼睛。他们都穿着厚厚的兽皮，看身上的装束，便知道是属于猎海豹的爱斯基摩人。他们解下了一条小狗，让它在冰上跑，用鼻子嗅着雪的味道。

忽然，那只狗站在一个冰洞旁边不动了。而后那两个爱斯基摩人马上赶到那里，站在那里守候了很久很久。最后那位个子较大的爱斯基摩人一下子举起渔叉："嗨！哼！"瞄准洞里面，然后用力一掷。他们两个人立即拉着渔叉上的绳子，一下子一只大海豹就被拖到冰面上来了。那只海豹被渔叉刺伤，鲜血淋淋，很可怜。他哀叫着挣扎着。那位个子较小的爱斯基摩人立即拔出尖刀，朝海豹的颈窝里猛地一刺，结束了它的性命。两个猎人随即便扑在海豹的身上，吮吸着从伤口涌出的鲜血。

然后，他们开始支解尸体，先剥下了海豹的皮，把它卷起来，那动作就好像是在卷一张毯子。接着又把海豹的肉以及脂肪切成了几份，装进了肩头上两只大袋里。剩下的那些零碎的肉，就留给贪吃的燕鸥。随后，他们重新登上雪橇，一边赶路一边唱着他们编的歌。

他俩轮换着唱，歌词十分单调：

> 我已冻得发颤，
>
> 他也十分饥饿：
>
> 多谢海豹朋友，

鲜血救活我们。

如果不碰伤你，

早已葬身雪地。

你肉可供孩子，

早晚充作点心；

你油给我光明，

夜晚还可取暖。

衣服、手套、皮靴，

都用你皮来做。

你皮还可用作，

包成轻便小艇。

你呀，海豹海豹，

真是我们的友人！

　　史卡夫因为亲眼看见了他们屠杀自己的同伴，所以吓得一直在打颤。他躲在大浮冰下发出警报。这一天，便没有其他海豹遭到毒手。在以后的几个星期里，浓雾笼罩冰原，猎海豹的人们便无法活动，海豹们又过上了许多天太平的日子。

　　这个时期里，他们这一群海豹中，差不多先后生出了三十六只海豹宝宝。海豹妈妈们不得不把掩蔽所的空间加以扩大，好让小娃娃们能居住在里面。

　　夜渐渐短了起来，天气也渐渐暖和起来，雪融化了，和风吹起来了。大浮冰也渐渐碎裂了，海洋也苏醒了，潮流冲着一块块大小不同的冰块，发出震耳欲聋的响声。广大的冰原碎成了许多大冰块，沿着海岸一路漂流下去，好像大木筏一样。

　　从这时候开始，海豹爷爷和海豹奶奶们便安心地晒着太阳。不久，海豹娃娃们就断了奶。他们白色的绒毛换成了漂亮的灰毛。海豹娃娃们生下来二十五天左右的时候，就可以开始学习游泳了。

　　可是，灾难又一次降临到了这群海豹的头上，他们喜欢的鳕鱼，已经离开了这一片海洋，燕鸥们也飞走了。

　　海豹伯伯、叔叔、姑姑、婶婶便一天天瘦了下去，年轻的海豹堂兄弟们和堂姊妹们也常常吵闹着，小海豹们一直喊肚子饿。他们也只好离开那些木筏似的浮冰，出发去找寻可以吃的食物。他们游寻了两天。在第三天早晨，充当前哨的贝卡，突然间向同伴们打了一个信号：前面有一大群鲑鱼。

　　真是一支浩浩荡荡的大军啊！十万条鲑鱼排着整齐的队伍前进着。大鱼在前，中鱼在中间，小鱼在后面。海豹们马上追上去，开始攻击这支大军的后部力量。袭击了好几次后，鲑鱼们又整顿好散乱的队伍，继续前进。

　　海豹们也紧紧地追赶着。到了第三天的傍晚，他们来到一个小海湾，那是一条大河的入海处。那支鲑鱼队伍奋勇地向大河游去，海豹们仍旧在后面紧紧地盯着。在大河的两岸，是一层层不太陡的阶梯形岩壁，上面还聚集着许多红脚海鸦。

　　鲑鱼们勇敢地逆流而上，前面的河谷渐渐变得狭窄。当他们的前锋游到了一座高耸的石壁前时，河水正从石壁上冲下，形成了一道瀑布似的急流。鲑鱼可是不怕这种阻碍的，他们把身体努力弯成弓形，尾巴也贴着水面，好像一条弹簧似的，做着那惊人的跳跃，一排排地跳过这个障碍。他们跳过去之后，又重新整顿好队伍，排队继续前行，准备去克服新的困难。

　　海豹的跳跃本领不及鲑鱼，所以它们只好眼睁睁地放弃了那群鲑鱼。小海豹们也已经游得非常疲倦，达格带领他们到一个小湾里面，让大家在沙滩上休息。

　　此刻，海豹伯伯、海豹叔叔以及海豹姑姑、海豹婶婶们也已经吃饱鲑鱼，他们原本可以和年老的海豹们一起安静地休息一下，或者和那些年轻的海豹去捕捉新鲜的贝类动物。不过有些海豹想爬到旁边的石壁上去，偷吃海鸦的蛋。他们如果能在开头的几级阶梯上停下就好啦！因为那里离海面还算近，遇到危险，也还来得及跳进水里。可是，馋欲驱使他们一直向上冲去，愈爬愈远，最后他们一直爬到了石壁的顶上！

　　不幸的事情就这样发生了。六个白种人，手里拿着一样的短棍子，突然出现在石壁顶上。他们见了海豹，凶狠狠地向他们没头没脑地乱打。好多海豹被打死了。其余的海豹们一边呼号着，一边拼命努力逃走，狼狈地滚下了石壁。

在这个混乱的场面中，老达格见一个白种人奔到了海边，叫唤着，还做着手势。他还看到在小海湾北面，停靠着一只轮船，半个船身子露在岩石的外面，半个船身子被岩石遮没。三根桅杆矗立在笨重的船体上，一面蓝底子黄十字的旗子在船尾处随风飘扬，许多人在甲板上走动，高声回应着岸上的人。达格带头朝南方径直游去，当他的队伍已经脱离了危险地带之后，他在大浮冰的上面紧急召开了一个全队会议。他说：

"'好海'不再像我年轻时代那样安定了。是啊，这里一向有着不少凶恶的坏人。白熊和角鲨们从来没有放弃过我们。爱斯基摩人更不会放松我们！现在那些白种人，自从之前从暖和的海洋中赶走了我们的祖先以后，又跑到了我们家里干这种卑鄙无耻的事情。我们来不及躲避了，又要搬家了！"

达格长长地舒了一口气，继续讲："好多好多年以前，我曾经听奶奶讲过，她曾和一条鲸鱼是好朋友。有一次，那条鲸鱼对她说：每年解冻后，海洋里都会有一支向西流去的潮流。那时，它把许多浮冰冲到西方去。如果沿着这潮流过去，经过七座大的岛屿，就会到达一个叫'暴风圈'的地方，那里十分危险，白熊和人都不敢经过那个地带……"

卡拉这时抢着说："风告诉过我，只有勇敢的海豹们才能够穿过'暴风圈'……"

奈葛里喃喃道："我从星象中观察出，在'暴风圈'的那一边，有一个平安而又非常美丽的岛屿……"

斯伦说："我很熟悉流过那里的潮流。"

"我亲爱的儿女们，你们都十分聪明，你们拥有天文、地理以及气象、潮流的知识，了解大自然的一些秘密。"达格说，"但是我希望这些知识能够永远地保护你们……在那和平的海岸边，我们还可以幸福快乐地生活下去，可是，它离这里太远了，一路上还要有许多暗礁呢！我觉得自己已经太老，不能够再给你们领路了……我希望史卡夫能够承担起领队的责任，凡是愿意前往的，就跟他去吧！"

这时，大家静默了片刻。之后年轻的海豹一齐发出欢呼声，它们都愿意参加长征，年老的海豹们对于改换环境，显得有些犹豫不决。海豹妈妈们为了她们的小宝宝，也对于这次冒险有些不放心。最后，史卡夫对大家说：

"假如小娃娃的父母们愿意带着小孩子跟我们一块儿去，我们长征队里的小伙子们可以冲在前面当先锋队，为大家打开一条出路，排除种种危险。我们不怕暴风，我们会保护你们，带领大家一同到达幸福岛上去。"

经过史卡夫的一番鼓励，大家都愿意一起出发了。

整个这一年的夏天，他们就一直做着长途旅行。

奈葛里依靠观望整天在空中挂着的太阳，指示着全群海豹前进的方向。卡拉则随时辨别风向。斯伦则测算着水流的速度。

有一天，他们看见前面有一个小岛，岛上罩着大冰山。那时候正是解冻的时期，那座亮晶晶的冰山朝着海里移动了过来。突然发出了震天的巨响。原来是阳光把冰山的表面融化了，一个冰壁塌倒在海里，顿时就把海水激起了许多水柱和掀天的大浪。这还只是奇景的开始呢！那些冰山一直不停地一座跟着一座裂开，在海里面轰隆轰隆地互相冲撞着，打着转。

海豹们在一座一座的百米冰山之间游了半个月。再接着，他们跟随着那股强大的夹杂着浮冰的潮流，朝着北方游去至于那些冰山，也被别股潮流带到南方去了，撒播在航线上，构成了许多的流动的礁。

这群漂走的海豹在这次英勇的冒险当中历经了许多危险，而且还战胜了一只大白熊。这实在是一次难忘的战绩啊！

有一天，奈葛里在一块浮冰边晒着太阳浴，一只正躲藏在冰块后面的白熊突然纵身跳了过来，伸出巨大的爪子向奈葛里一击，奈葛里便受了伤，蹿进水里。白熊也随着钻进水里。在附近的史卡夫看见了便大声告警，其余的海豹都闻声赶来，把敌人给包围住，于是一场猛烈的撕斗就开始了。

白熊只能在冰上和陆上称霸，在水里海豹可就比他厉害多了。这只十分凶猛的野兽曾经三番五次想爬到冰块上去，他已经尝试了二十余次，却都被海豹们拉进了水里。他四面被围，走投无路。气得快发疯了，一直大口大口地喘着气，还不停地号叫着。他在水里不停地游泳，游得已是筋疲力尽，动弹不得。于是，全体海豹一拥而上，狠狠地咬住他的毛，咬得他遍体鳞伤，把他活活淹死了。

弄死白熊之后，全体海豹们又继续前进。但是因为奈葛里受到了重伤，不能再游泳了。所以他们就让奈葛里坐在了冰块上，大家一起把冰块划动，这样一直持续到奈葛里的伤痊愈。他们又继续顺着潮流游上去。一路上，有许多次，他们都抬头望着那倒映在空中的美丽幻景。还有很多次，他们看到了终夜不落的太阳，在午夜里把冰块和灰白色的海水照得金碧辉煌。他们期间也遇见过许多有趣的动物，他们和喧噪的小海豚、花花绿绿的野鸭们交错而过。他们还碰到了两条身上有斑点儿的独角鲸，在用自己的长角相互格斗着。

没多久，海豹们游到了第一座大岛，他们就上去嬉戏。那岛上长满红色的地衣和软软的青苔。好多只驯鹿和麝牛也在低矮的柳树和瘦瘦的枫林间吃草。海豹们离开了这第一座岛，继续向前进发。到了第二座岛，那里有北极狐和狼在转来转去。之后它们又离开了第二座岛，到了第三座岛，但是第三座岛边的土地非常潮湿，蚊虫成灾，也使海豹们不能停留。之后，它们到了第四座岛，在第四座岛上有成群的旅鼠，但凡是他们曾经走过的地方，一切可以吃的食物都被吃得精光，海豹们便一刻也不逗留地走了。后来他们又游到了第五座岛旁，那里生长了许多矮小的醋栗，开着好多紫红色和黄色的花朵。之后，它们又到了第六座岛上，那里什么东西都不生长，并且十分寒冷。在它荒凉的海滩，堆着漂流过来的残物和破木头。

夏天快要过去了。在冷汛开始的时候，海豹们游近了第七座小岛。那是一个平凡的小岛，上面住着成群的海鸥，他们是预报暴风雨的鸟类。于是海豹们便鼓起勇气，坚定了信心，迎接着即将要到来的大风暴。

海豹们离开最后一座岛第三天的时候，史卡夫和贝卡看见远处有一条超极大的鲸，不时地出现在遮没地平线的一大块浮冰的面前。她一开始呼吸，就能从鼻孔里喷射出两条高高的水柱来。

就在这个时候，海豹们突然停止前进，纷纷呈现出了惊慌失措的表情。原来他们望见了一条大船，扯着大满帆，在追赶着这条巨大的鲸。于是，史卡夫便照顾着小海豹们，达格照顾着那些老海豹们，大家慢慢地向前游过去。天空中突然乌云密布。从大船上面放下一条小艇，五个白种人跳到了小艇上，拼命地划着，去追赶大鲸。到了逼近了大鲸的地方，他们掷出了一把锐利的大渔叉直接向大鲸身上飞去。大鲸受到了突如其来的袭击，猛地掉转了身体，一个大翻身，尾巴用力一甩，打中了小艇，把小艇击得粉碎，同时有五个白种人被扫到了海里。

这时便起风了，风也是愈刮愈大，把大船吹到了浮冰堆里，扯破了船上的布帆，吹断了那些大大小小的缆绳，劈倒了许多桅杆。海浪滔天，很多冰山相互碰撞，好像激战一样。在这场大骚动里，天空昏暗，那些巨大的冰块随着浪涛运动，一会儿像水晶的墙壁矗立在海中，一会儿又塌倒了下去，发出雷鸣般的巨响。

狂风在呼啸着，在怒吼着，它掀起了两坨大冰块冲向那只巨大的大船，第一下船身被撞破，第二下船被侧倾了，等到第三下，大船已被浮冰捣成许多碎片，沉到海底下去了。狂风把船尾上面的一面蓝底黄十字的旗子的碎布，吹到惊叫着的海豹群中。

卡拉号叫道："风暴！风暴来啦！"

史卡夫发出命令："快速向前游！紧跟我游！"

于是，老老少少的海豹在狂怒的大浮冰下面奋力潜游着。

到了傍晚时分，风平静了下来，海豹们能够在那些碎冰块儿的缝隙中自由自在地活动了，不用再担心死亡的威胁。

夕阳照在形形色色的碎冰块儿上，折射出五颜六色的光彩，仿佛一座倒塌了的红绿宝石宫殿的废墟一样。海豹们已经旅行得十分疲劳，所以大家就像躺在木筏上似的在冰块儿上睡着了。那些冰块儿载着他们慢慢地漂了一夜。

海豹们一觉睡醒，太阳还隐藏在云朵里。他们突然发现，在他们的前面，出现了一个十分平静的大湖。而且在大湖的中央有一座灿烂的小岛。

史卡夫和他的堂兄弟和堂姊妹们看到了这个地方，马上发出了一阵欢呼；那些生着胡须的老海豹们也同样快乐地呼号着；海豹妈妈们激动得一边流眼泪，一边把海豹娃娃们推到水中去。于是整队海豹向小岛径直挺进。他们到了岛边，先在它的四周绕游了一圈儿，大家一边游着，一边发出了震耳的欢呼。

岛的四周都是由平坦的沙滩和岩石组成，美丽极了。岩石上栖息着许多飞鸟和昆虫，常常传出索索的响动。整个岛就好像是一身挂着绿流苏的白地毯。美丽的雪峰好像是一顶晶莹的冠冕。岛上的"居民们"都是友好的动物，而且他们都身穿着白色的装束：猫头鹰在高处一直鸣叫，鹬鸪和野兔们躲在白色的灌木丛里，一切都是白色的。身体象牙色、黑脚的海鸥和那些红嘴的燕鸥一同在水面上飞翔着。一群群的小企鹅和大头的善知鸟们排列成行，立在悬崖上，好像是一排排的酒瓶。

海边的岩石上布满了美丽的贝壳和蓝色的贻贝。水面到处出现一条条的纹路，那是成群结队的鱼儿在游动。

这真是个幸福岛。

海豹们又在那里高兴地玩着"鲱鱼球"游戏，这是贝卡爱玩儿的游戏。史卡夫又发明了几种新奇的玩意儿，奈葛里专心致志地在那里观察着星象。他们过得是那么快活，因此，卡拉没有兴趣去搞气象了，斯伦也放弃了冒险的念头。

但没有多久，老达格由于年老和远征时的长途劳累，在全队海豹的哀思声中去世了。史卡夫就接替了他的位置，当了新的领袖，并且按照海豹们的风俗：与八个年轻的堂姊妹结婚，生了好多美丽的孩子。之后，他成为了一个贤明的领袖。

棕熊妈妈的管教

毛粗粗醒来了

森林在经过了一个冬天的沉睡之后，慢慢地恢复了原来的那些生气。咕咕……咕咕……从四面八方都传来了杜鹃的叫声，他们在报告，春天已经来到了。

一副惊讶的嘴脸、还有两只眨着的眼睛，在一个巨大的树根底下出现了；一只十分粗大的爪子，从一个洞里伸了出来。这是一只名叫"毛粗粗"的棕熊，她从洞里钻了出来。

她已经五个月没有看见阳光了，五个月没有吃过东西了。她在地下足足度过了五个月的时光，不是睡觉，就是去讲些描绘着自己的故事。

因为实在是好久没有见过阳光了，阳光照得她睁不开眼睛；新鲜美好的空气，吹得她感觉飘飘然的。她打了打呵欠，伸了伸懒腰，嗅嗅秋天的松针和新长出的苔藓。然后她低头看了看自己身上那杂乱、粘手、肮脏的皮毛。

"泼希！泼希！你瞧我这是怎么搞的呀！应该收拾得干净一些啦！"毛粗粗喃喃抱怨道。

她先把身上浓密的毛轻轻地拍打干净，又在地上打了一阵滚，然后又慢慢地把身上的皮毛刷干净，她用舌头慢慢地舔着，一直舔到她的脚趾尖上。

她整理得十分满意，往洞里关心地望了望，原来里面还有她的两只小棕熊娃娃：一只叫做巴卡，另一只叫蒲吕。突然之间，毛粗粗连招呼也没打，自私地奔跑起来。她从乱石和砍倒的树木上跳了过去，在一堆乱石四周兜了一大圈，一直走到了一个洞口前，才停住了脚步。那里住着她丈夫布夫。她在洞口大声叫喊着，起先很轻，后来就越喊越响，最后简直是在狂吼了，布夫才在洞口出现。

毛粗粗见到了丈夫，觉得他瘦多了。记得在去年秋天的时候，他还是一只十分强壮的大棕熊，身子十分沉重，在走路时，树枝都在他脚下发出噼啪噼啪的响声，土地在他脚下发出噔噔噔的回音。

毛粗粗说："我可怜的老伴儿啊，你瘦多了。"

"你呢？"布夫打了一个呵欠说，"在那五个月里，我会饿胖吗？"

隔了一小会儿，布夫道："在森林里有什么新闻吗？"

毛粗粗说："春天来了，还有……还有……你猜猜嘛。"

"有什么事呀？"

"我们又有了两个小娃娃！真是想不到，那只雄的那么像你；那只雌的长得那么美！完全像我一样。真是一对小宝贝啊，漂亮极了！你还不知道呢，在他们的头颈里，还生着一圈白毛，就像戴上了一条小小的白项圈，真是可爱极了！还有……"

"得了，得了，待他们再长大一些的时候，你再过来看我吧。"布夫说完这句话，毫不客气地就转身爬上悬岩去了。

蒲吕和巴卡

蒲吕和巴卡是在去年冬天生下来的。那时候，整个森林都沉睡在白雪里面，野兽们都还躲藏在洞窟里。在那灰暗的天幕底下，只有狼还在大地上徘徊着，只有乌鸦们还在空中乱叫着。

那时候，毛粗粗独自躲在洞里，十分苦闷。待小娃娃们生下来之后，她就变得非常快乐了。

她的孩子出生时，小得十分可怜：只有老鼠那么大。他们的眼睛都闭着，冷得瑟瑟发抖。当时，毛粗粗十分温柔地舔着他们，把他们暖在怀里，用奶水去喂饱他们，所以不久以后，巴卡和蒲吕的眼睛都睁开了，变成了较为像样的小棕熊了。

当然了，他们还得慢慢地长大；到第二年的冬天，他们还在继续长大；一直到了第三年的冬天，他们才可以长得像大哥贝斯登那样强壮。至少要在四年之后，他们才可以成为成熊。

当他们很小的时候，就能懂得妈妈的语言了。当他们玩够了她的毛或者咬够了她的耳朵的时候，就会要求她讲些远古时候棕熊们的故事。

透过妈妈讲的那些故事，他们就可以幻想出这样一个奇异的世界——大地沐浴在阳光的温暖中，沉浸在流泉的哺育里面，到处都活跃着各种各样的飞禽走兽，又到处都蕴藏着一些美味的食物。他们的好奇心永远是不会满足的。

"妈妈，是橡子比较好吃，还是蜜比较好吃呢？"

"妈妈，是洗澡比较有趣，还是爬树比较有趣呢？"

有关于他们爷爷塔脱拉克战绩的故事，是他们最喜欢听的一个。

毛粗粗把这个故事讲了大约一百遍的时候，她说："塔脱拉克爷爷是一只十分著名的大棕熊，身体有八百斤重，当他用后腿站立起来时，从头到脚有两米高……当他因广大领土中短缺食物而饱受饥饿折磨的时候，他就会冒险地跑到畜群吃草的平原中去，看准一只孤独的牛，突然就是一爪子，折断了牛的脊梁骨……"

但是，这一天毛粗粗并没有把这个故事完全讲完，因为杜鹃的叫声打断了她的讲话，她站起来，快乐地嗅了嗅，说：

"孩子们，冬天已经过去了，我们现在可以走出去玩儿了。你们在这儿等着，我回头就来找你们。"

贝 斯 登

当布夫在岩石的后面消失的时候，毛粗粗抱怨地讲："怎么是这个样子呀！"她再也不敢耽搁，从急流的那边走下来，一直走到了橡树旁的山沟里，去叫醒她的大儿子贝斯登。贝斯登住在那里边。他是一只漂亮的棕熊，现在已经有两岁了。

毛粗粗说：“你已经有了一个弟弟和一个妹妹了。他们生得非常非常小，所以我既要照顾他们，又要去寻找食物，还要领他们到这里的森林学校，我实在分不开身啊！你心里也知道你爸爸是个怎样的家伙，他总是在树林里东跑西跑，把家弄得像枯叶烂草一样，一点儿责任心也没有。我需要一只熊能带领孩子而且可以帮助我抚养照看这两个小娃娃。于是，我便想到了你。你已是能够独立生活的单身青年了，但再过一两年家庭的生活，对你也没有什么妨碍的。这个你应该相信我。”

贝斯登连哼一声都来不及，就被毛粗粗推操着，并指着道路说道：“走，走啊！”

到了春末的时候，巴卡和蒲吕已经断乳了，毛粗粗和贝斯登这时认真地教育着照看着他们。

按照棕熊的智力来讲，幼儿的教育分为两年的教育：

在第一年的功课中，小熊应该学会：嗅、听、搏斗、游戏、抓、爬、以及挖掘、奔跑、自己独立找东西吃和游泳。

森林就是他们的学校

课程：并没有固定的时间而言，在散步中根据当时的情形，具体进行着各种练习。

教法：先由妈妈示范一遍，再让贝斯登带领他们进行复习。

守则：如果孩子们犯了错误，或者将练习做错了，贝斯登就会给他们一巴掌。但是当犯了大错，就由妈妈来负责去惩罚他们。

可是，毛粗粗不是一般的妈妈，她会把时间完全花在训斥孩子上：

“不要吵啦！好好地玩啊！”“来啊——快滚开去。”“回答我——别多嘴。”

不！她让他们尽情地去玩，除非在特别危险的情况时，她才会去干涉。她甚至会舔舔胆大的孩子的脸，鼓励他勇敢的举动。

可是，当蒲吕想趁大家不注意的时候，做离开集体的尝试时，妈妈会给他一脚，让他滚到十五步以外。如果贝斯登出神地看叶丛，也会受到一掌，打得四脚朝天。妈妈还要滔滔不绝地教育一番：

"这是在教训你怎样去照管弟弟妹妹的！"

一只小棕熊在妈妈的照顾之下，是不会害怕任何野兽的。如果相反的话，一只孤单单的小棕熊就很容易遭遇十分不幸的事情了。比如说一只饿狼会去欺侮他的。所以小棕熊现在必须让大棕熊保护。所以，当他们出去散步时，毛粗粗总是走在前面，小棕熊们就跟在她的两侧（右侧是巴卡，左侧是蒲吕），贝斯登则走在最后。

森林里的娱乐

在森林里散步真是有意思啊！他们每走一步，森林就换一番景象。他们穿过一处长满着忍冬花和女萎等植物的密集树林，来到了一座大树林里，那里是可以自由自在地进行奔跑活动的地方。他们走过一片水洼，再向上走段路，之后又越过了岩石，就到了一处昏暗的密林里，再经过一段不好走的路程后，就会走到一片阳光普照的林间空地的上面。这是小棕熊们最喜欢游戏的地方了。在那里，那些曾经被巨风拔起、折断、吹倒过几百棵树木，以及那些横七竖八的树枝，就构成了迷宫、隐僻处、躲雨处、木桥和过夜的窝；当天气不允许他们睡在露天时，他们就会睡在这些窝里面。

有时候，他们四个会走到一棵当作观象台的大枞树前，顺着树干爬上去玩儿。两只小棕熊在树枝上荡来荡去。贝斯登会欣赏着附近一条闪光的急流。而毛粗粗呢，用眼睛、鼻子和耳朵敏锐地巡视着这座大森林的周围。

他们在枞树上玩儿了一小会儿之后，就会回到地上采些蔬果吃。蒲吕不经意间发现了一个完好的跷跷板，那是一棵小树横搁在另外一棵大树上组成的。巴卡蹲在这一头，而蒲吕蹲在那一头，在那里一上一下地快乐地玩着，直到贝斯登过来强迫他们下来散步或者洗澡时才停止。

两个好学生

在雨季来临以前，巴卡和蒲吕心里都明白他们需要做些什么。这时毛粗粗心里也这样想："不必那么担心，他们都是相当聪明的。"

然而，在刚开始学习爬树时，巴卡就会用打鼻响的方式表示反感。贝斯登教过她紧抱着树干的方法：依靠着爪子的帮助，用前肢和后肢抱住树干；棕熊妈妈也鼓励过她，可是她总是做不好。幸亏，没过多久，她的机会就来了。一天早晨，贝斯登从一棵大花楸树顶上丢下一束已经红熟的果子。巴卡便马上抱住了那棵树，一步，两步，三步……一口气爬到了顶上，她在最大的树枝上坐了下来，在那里贪婪地吞吃着这些野果子，把家里人都忘记了。

蒲吕对于挖掘总是不高兴，他说："这样总要弄痛我的脚趾。你们都听见了吗！这总要弄痛我的脚趾呢！……"

但是有一天，贝斯登替他弟弟从泥土中掘出一个完好的风信子的鳞茎，新的奇迹便发生了，蒲吕改了口气说道：

"贝斯登，让我也来试试，你看好不好？让我稍微地掘一下，行吗？"

讲到"嗅"这个字，小棕熊已经做得不错了。

毛粗粗叫道："嗅啊！"

贝斯登也很一本正经地说："嗅啊！"

只见两只小棕熊就跟着说："我们在嗅啊！"于是他们开始热火朝天地嗅起来了。

他们能在杂乱的草木中拣出那些芬芳味的花球来。此外，他们心里懂得，自己要用前爪拿食物品尝，自己洗脸，游泳，乘机捕获小动物。他们差不多学会了一切。

过冬的房子

当树叶开始变黄的时候，妈妈会对他们说："不久就要冷了，现在我们应该去找一所过冬的房子。"

蒲吕想："水洼旁边有一个洞窟。"但那洞口是正对着北方的，所以北风会不断地吹进来，太不相宜啊！

巴卡则倾向于一棵老橡树上的洞。但是里面太过于狭小了，一个人口多的家庭是绝对容纳不下的，也不相宜。

毛粗粗找到了一个大土墩，是一棵倒下的山毛榉根上的泥土堆成的。她认为这是一个最适宜过冬的地方。于是她说："这里正面对着南方，所以比较适宜。让我们现在就来挖掘吧！"

于是，他们四个便动手干了起来，没多久，便挖成了一个巨大的地下室，里面很宽敞，也很暖和。贝斯登去折了几根小枞树的细枝丫，铺在窝里，当成床垫。

毛粗粗说："现在，出去吃些东西吧，你们尽量多吃，因为不久之后你们就不能再吃东西了。"

说罢，她便带着他们来到橡树林里，采食橡果。吃了一小会儿，又到松林里吃松针。小棕熊一边吃一边扮着鬼脸嬉戏着。毛粗粗便推了推他们，说道：

"吃呀，吃呀，赶快吃啊！在松针里有一些油脂，吃了可以提供给你们过冬用的热量和力气。"

他们在那里停留了一会儿，毛粗粗嗅到了一阵冷风，抬起了头，看了看阴沉沉的天空，说道：

"快下雪了，该回家了！我们就睡在窝里，一动也不动，直到第二年春天，天气暖和了，再出来。走吧！"

孩子们走在了最前面，毛粗粗一面走一面又把足迹抹去，使人类和野兽们都不能发现他们的去处。

五个月后

在下一个春天，长距离的漫游替代了以前的散步。毛粗粗故意落在后面，以便孩子们养成不用依赖她、自己会想办法应付的好习惯。

在第二个年头里，小棕熊应该准备去过独立自由的生活了。因此，巴卡和蒲吕要学习自己寻找食物，辨别方向，和认识各种好吃的动物以及植物，并且也要学习辨别哪些植物吃了要腹泻，会肚子痛。

蒲吕利用他在第一年里学到的"嗅"的知识，高兴地认真地用他的嘴在草丛上以及石堆里和树根中嗅来嗅去，随后便抬起头来吃些榛树的花芽和山毛榉的嫩叶。他奇妙的鼻子会告诉他地窟里住的是什么样的居民：这里是一只狐狸，而那边是一只獾。另外的一个地方居住着鼹鼠。"喂！向这里掘下去吧！"他奇怪的鼻子也还会告诉他，一只母野猪曾经带领了几只长有条状毛的小猪穿梭过这个矮树丛，一只母鹿和她的小孩们曾经从那里走过。

一只受过相当好的教育的棕熊，凭借这样一个鼻子，能够在晚上闭着眼睛辨别出林中的各种树木、各式各样的松球、各种性质的草。他还认得出生草莓熟和草莓，知道开放的雏菊与未开放的雏菊的区别。这已经是不太容易了，可是蒲吕还留有更妙的一手。他只要把鼻子略微向前伸一伸，就能说得出在什么地方还有一簇香蕈就要钻出地面，或者一只水獭在河边晒着太阳，他身上还带着一阵微微潮湿的气味。

一个侦察能手

在八月的中旬，蒲吕——比巴卡稍早了一些——已经学会了很多知识，包括辨别方向和动物植物的必需知识，其他的更不必说了。

离开大约百步远的距离，他只要用眼睛一看，就能认得出来，那究竟是一只跳动的猞猁，还是一只隐约能见到的山猫。

他张开耳朵就能够分辨得出蜜蜂和细腰蜂的声音，可以分辨出喜鹊和松鸦的叫声。

他决不会把有毒的香蕈和好吃的香蕈搞错了；更不必说那吃了会腹泻的鼠李的果子或是可以吃的山茱萸的果子了。

讲到辨别方向，他还知道：一、急流的河岸边是村庄的交通大道；二、所有的小路都是通向急流的；三、急流中段是浴场；四、世界上最好的两块儿地方都是在浴场的两侧，东面是"大空地"，西面是蒲吕发现的并由他题名的牌子"蒲吕果园"；五、他发现在急流的上游有一处十分大的落叶松林，再过去就是枞树、白桦、山茱萸；六、在急流的下游还有岩石、橡林，再过去还有一个湖；七、其他的各处都是森林。

巴卡喜欢去幼时常去的林中的空地，但是蒲吕认为还是蒲吕果园最好。

蒲吕果园是一个偏僻的地方，十分荒芜。那里充满了大岩石，在岩石间生长了许多灌木和小树，结着许多好吃的果子：覆盆子、醋栗果、乌饭树果、花楸果、以及桑子、小野李与其他各种球果，这些都是像蒲吕这样馋嘴的那些棕熊所最爱吃的，毛粗粗的儿子们常常这么说："待我们长大后，我们将要长住在那里。"

蒲吕的盛筵

一家人在岩石的树荫里午睡的时候。毛粗粗睡熟了，巴卡在做梦，贝斯登则发着鼾声。

而蒲吕呢，他一点儿也不想睡，他玩着一根儿鸡毛，发出十分快乐的叫声。那些树在发着声响，好几百只鸟在一齐唱着。蒲吕跳起来，原来在这混乱的声音里，他辨出了一种不易觉察的声音，是一只蜜蜂！

"一只大蜜蜂！一只大蜜蜂！……"

在那边，看到一只蜜蜂，她在一棵蓝色的风铃草上飞着。蒲吕想到了那个储满了蜜的窝。这使他忘记了睡熟的一家人。他现在唯一的念头就是：视线切勿离开了那只小飞虫。

于是一场有趣的较量开始了：是两张轻快的翅膀和四只粗壮有力的脚的比赛。

那只蜜蜂钻进了急流旁边的琉璃草中去了，她的样子就像仿佛要和那里的一切花草都拥抱一下的样子。蒲吕窥伺着蜜蜂的一举一动。

他低声抱怨说："真糟糕，太浪费时间了！"

可是，费劲儿的事还没有完呢。一会儿那只蜜蜂又飞了出来，朝着急流那边飞去了。蒲吕连忙跳到水里，注视着嗡嗡的蜜蜂游了过去。

蜜蜂飞着，飞着……蒲吕就奔着，奔着……

当她飞过一棵忍冬时，轻触着有盛露的花瓣，便趁机深深吸了一口，在那里稍稍停留了一会儿，一忽儿就不见了……一忽儿她又出现了，最后终于在接骨木的树丛里消失了。

蒲吕上下左右看去。他变得喘不过气来，找不到了！又疲倦又气恼地在一旁哼着，倒在了一个树桩上。他懊丧地在那里待着。忽然，又是嗡嗡嗡……嗡嗡嗡……的声音，刚才消失的蜜蜂，又在离他大约两步之外飞翔着。他的情绪又开始激动起来了，肌肉紧绷，头抬了起来，向前冲着、去追赶她。而现在，那蜜蜂正好飞在他的面前。蒲吕在荆棘中困难地开辟出了一条路。蜜蜂也在加速飞行，蒲吕拼命地奔着，忽然他停了下来。

那只蜜蜂消失在枯树的一个裂缝里。这棵树好像着了魔似的发出了一阵音乐。那是千把只蜜蜂合唱的曲儿。原来里边竟是一个蜂窝！

蒲吕屏住了呼吸，轻悄悄地走过去，揭掉了遮蔽蜂窝的那些干树皮。

嘤嘤嘤，嗡嗡嗡，嘤嘤嘤，……几百只蜜蜂一起飞出来猛扑向这个毛茸茸的小熊。幸亏他有一身厚毛，才免遭他们锋利的螫针。

他的爪子触到一种微温的有胶粘状的东西，他敏捷地把爪子缩回来，贪婪地吸吮着芳香的蜜。那蜜正好从他的爪子上一滴一滴地流淌下来，流到他的棕色的那件外衣上，一长条一长条的，直直地挂到了地上。

那些蜜蜂看见这种情形，更加愤怒起来，比刚才更加激烈地向他进行攻击。而在这一次，他们的螫针正好直接刺着了他的鼻子和嘴唇。

蒲吕发出疼痛难忍的呻吟："呜呜呜！呜呜呜！"

可是蜜的诱惑比这些可恶的刺儿强很多，所以他仍旧是一再把爪子伸到树洞里面去。

他舔完了最后一滴蜜时，就奔逃开去了，避免敌人最后的攻击。

"呜呜呜！"他的头开始痛了，嘴唇感觉麻辣辣的，鼻子也肿了，肿的很大……

在这个时候，蒲吕才想到了家里的人，他看看正在西斜的太阳，支吾地说："他们现在一定正在洗澡了。我认为需要顺着急流走回去，快些走回去！"

捉　鱼

　　毛粗粗浸在急流里，水正好齐到腰间，她仿佛透过水的声音在侦察着什么东西似的。突然间，"啪"的一声！她的爪子熟练地一击，把一条如闪电一样铮亮的嘉鱼从水波中抛到了岸上。

　　巴卡已经吃得很饱了，她不再到处去找小鱼吃了。这个时候，贝斯登告诉了她一个古老的棕熊食谱，她便把其余的鱼堆积起来。那个古老的食谱便是：

　　　　把新鲜嘉鱼弄死，然后挖一个洞，将他们放在洞里面，盖上草、泥土和石子。这样腌制一段时间，直到他们腐烂为止，拿出来吃，味道十分鲜美。

　　"哦，这并不比蜜好吃多少啊！"蒲吕气喘吁吁地赶到这里，便插了一句话。

　　"嘿！走运的家伙啊，他找到蜜了！"

　　巴卡看了蒲吕的鼻子，然后放声大笑，并且叫着："哈哈哈，呵呵呵，哈哈哈……你们快看他的鼻子，怎么变成这个样子啊！"

　　贝斯登责怪道："你来了，好，看我怎么教训你！……"

　　毛粗粗喊道："贝斯登，停！他已经不再是一个小孩子了，他已经到了自己对自己负责的年龄了。并且不久之后，我们就要分手了。让他赶快做好准备，去过棕熊的独立生活，这倒也是必要的。让他每天随意出去活动。我断定他到了晚上一定会过来找我们的。而且，巴卡也应该学学他的样子。"

称心如意的一天

　　第二天的早上，蒲吕起身后，他的第一个念头是："自由，我现在是自由的！……"第二个念头："那个果园是属于我自己的！……"

于是，他轻快地走出去，先移动了两只左腿，接着再移动了两只右腿，这就是棕熊历来的步行式样；所以他们走路的样子很怪。有人把他们的走路当作是一个毛茸茸的大球在滚动、在摇摆。

蒲吕向急流奔去，吃上几口生长在岸边的肥草，又喝了几口水，来开开胃。

当他走到了果园里面，狼吞虎咽地吃了许许多多野果。他吃得饱饱的之后，便开始做着一种用腿绞盘的小游戏，那样可以使肚子中的食物容易消化。这是个十分有趣的游戏：他的腿绞来盘去，简直让人分辨不出他的前腿和后腿。

至少玩儿了有一百次，蒲吕才放开腿来。这时忽然飘来一阵辛辣的味道，使他终止了游戏。他伸出了鼻子，向着一个蚁穴走去。那是一个很大的蚂蚁穴，也正是棕熊所向往的。

蒲吕好奇地看那些蚂蚁有序地来来往往。他的眼睛里不时地闪出不怀好意的神情。他把前肢舔了又舔，从爪子一直舔到膝盖，等到都涂满了唾液，才把腿伸到了蚁穴的正中央位置。真是毁灭性的破坏啊！这是一个蚂蚁的城市，里面有一些街道、房屋还有育婴房等等，一下子就都毁了。蒲吕把那粗大的腿缩回来，腿上粘着无数的红蚂蚁以及无数细小的卵，经他的舌头舔了几下，都到他嘴里去了。他继续不断地使用着同样的手段，仿佛他毁灭蚂蚁是有道理的，而且非把他们吃个精光不可。

跟着，他又安心地轻松愉快地游逛去了。

作为消遣，他把一个松球放在他面前来回滚动着，恰巧让它滚到一棵大松树的脚边附近。好奇心驱使他又爬上树去向四周张望一下。他看见离那里不远处有一只雷鸟，睡在了一根儿低垂的枝丫上了。他的脑子里立即产生了一个坏念头：爬下了松树，走近了雷鸟。他十分接近时，便伸出前爪去捕捉，雷鸟这时惊醒了，睁开了眼睛，叫一声就飞开了。结果他只撕去了雷鸟尾部的那几根美丽的羽毛。

蒲吕看了看手中抓住的那几根镶着红白边的青色羽毛。随手把那些羽毛向上一抛，任它们飞散去了。其中一根落在了一只大香草脚边附近的苔藓上。蒲吕向前走三步……啊哈！一只大香草，还有一只泥土色的蛞蝓在上面蠕动呢，蒲吕一口把他吞到肚子里去。

于是，蒲吕！他又开始走了。老是在东张西望，永远不感觉疲倦，从来也不会满足，什么都会觉得好玩。

串　门

有的时候，就在太阳落下去以前，蒲吕也会到林间空地上去找巴卡。巴卡在那里经过了一再尝试，所以已习惯于过一个人的独居生活。

蒲吕老远就嗅到她了，他喊道："哀儿！哀儿！"

巴卡回答道："各夫！各夫！"

他们见面后，互相讲述了这一天的经过。有时是这一个，有时又是那一个，自夸自己最会吃，最会做恶作剧，也最会抢东西。巴卡说自己有一天赶着一群无辜的小松鸡。蒲吕说自己有一天拔起了一棵小小的山毛榉，只是想试试自己的气力。在另一天的时候，巴卡又报告她是怎么样滚在泥潭里面，解决了身上的蚤虱的问题。蒲吕也报告了他在吃果子和青草时，他正好捉住了一只睡鼠、一只青蛙和几个幼虫的事情作为补充。

他们尽情地闲谈了好久之后，时候已经不早了。他们打算去找毛粗粗和贝斯登。于是，凭借着他们的嗅觉，在夜幕降临之前，他们找到了毛粗粗和贝斯登。

分　手

日子一天天地过去了，太阳落下去的时间也一天比一天提早一些。

有一天的早晨，在白茫茫的黎明时分，毛粗粗改变了像往常一样的自言自语习惯，一下子就说："喂！"接着严肃地叫道："听呀！"然后又对他们说："该起床喽！"

她把鼻子伸到了他们脸上，还眨着眼睛，端详了许久，庄重地教育道：

"孩子啊，你们也长大了。你，贝斯登，现在就可以返回到你的树林里去了。过一段时间，你也该结婚了。还有你，巴卡，你，蒲吕，现在你们也应该按照棕熊的老规矩，每个人在森林里面找一块儿地方了，做那里的主人吧……"

蒲吕说："我很喜欢那个果园！"

巴卡说："我很喜欢那片林中的空地！"

"好的，……至于我嘛，我要去看看你们的爸爸布夫，不知道他现在怎样了。千万不要忘记我们曾经教给你们的功课。只有在你们开始独自生活的时候，也许你们才会理解，我们所教给你们的各种知识，全都是有用的。

"你们一定会快乐地回忆起，当你们懒惰或者不听话的时候，为什么贝斯登和你们的老妈毛粗粗要啃咬你们的肋骨。现在，你们都可以走了！"

树林中发出响亮的吼声，所有的鸟儿叫都相形失色。这是毛粗粗、巴卡、贝斯登和蒲吕四只棕熊在相互告别。

紧接着，他们四只棕熊朝着四个不同的方向走开了。

跳树能手

所有的松鼠都是从来不爱下地活动的，在他们当中要属快快和橙橙是最活泼、最漂亮、最伶俐的一对儿了。从高大的长颈鹿到矮小的蚂蚁，森林中的动物都认识他们俩，都喜欢他俩。

从早晨到晚上，他俩都在树枝上舞蹈和跳跃。他们俩互相扔松子，玩捉迷藏，追过来追过去，就像小孩子那样快活顽皮。他俩的小眼睛总是骨碌碌地转动着，闪闪发光，亮晶晶的好似黑珍珠一样。

有一天，他俩玩了一阵子后，橙橙对快快说：

"我们玩得已经够痛快了，亲爱的，来谈谈正经事。现在正是为孩子们准备新窠的时候，我预感到要不了多久他们就会生出来了。我们的老窠好像不好再派什么用场了。我要使我们的孩子有世界上最好的窠。但是，这绝不会从天上掉下来的！让我们动手吧。我愿意跑遍整个森林，去寻找一些做窠的材料。假如我找不到我们需要的东西，我宁可被黄鼠狼咬死！快点儿跟我来，快来快来，让我们走吧！"

快快还丝毫无意去做窠呢。他宁愿和橙橙一直继续玩下去。可是橙橙那表情很坚决而且非常严肃，他就不敢再拒绝了。于是两只松鼠便干起来。他俩从这根树枝上跳到了那根树枝上，又从树枝上跳到地上，跑遍了半个森林后，还是没能找到适合他们做窠的树。不是这一棵树不够高，就是那一棵树的丫枝太稀。后来，当他俩正要决定在一棵树上做窠时，刮来了一阵风，风中带来了一股黄鼠狼讨厌的臭屁味。根本就不需要再嗅第二次，他俩一下子就断定了他们死对头的地洞正好就在这棵树下。于是快速地纵身三跳，他俩已经跑得很远了。

他俩继续寻找，这时，橙橙忽然欢喜地叫了一声。她在一棵老枞树的顶上发现了一个被别人抛弃了的大窠。这个窠就筑在高处，正好紧靠着树干，隐蔽于树枝里。曾经有好几只乌鸦在这窠中住过好久，可是突然有一天，当他们展开墨黑的大翅膀飞出窠穴，便一去不回来了。快快和橙橙便马上动手干了起来。他们俩打扫了场地，并且把窠改建成了圆形，然后把那最细软的苔藓铺在新窠里面，他俩想尽办法给孩子们准备好一个又暖和又舒适的住所。

　　就在几天以后，小娃娃出世了。过了不久，从窠里探出了四个火黄色的小头，那就是翎翎、淘淘、风风和烨烨。都是些漂亮娃娃啊！谁见了都喜欢。妈妈快乐地跳着舞，爸爸也尖声叫了很多次，松鼠只会在极快乐的时候才会这样。

　　太阳在山后开始落下去了。妈妈橙橙想到小娃娃们的肚子该饿了，就急急忙忙地回到了他们的身边。她给每个娃娃喂了一些奶，温柔地抚摸着他们，然后便在他们的旁边蜷成一团睡觉了。这个时候，松鼠一家都去睡觉了。

　　转眼间，风风、翎翎、淘淘和烨烨几个宝宝都长大了。他们都有一身火黄色美丽的毛。淘淘的毛生长得更加美丽，因为他一直不停地用脚以及舌头梳理着身上的毛发，把它们梳理得十分光滑。还有他的尾巴呢！仿佛中间打了气的样子。淘淘还在一直不断地把它们蓬开。对淘淘，妈妈不必再像对翎翎那样不断地告诉："把你的尾巴弄得蓬开一些来！"翎翎真是够顽皮的！他成天嬉戏，吵吵闹闹，一点也不关心他那个脏透的粘满松脂的尾巴。风风和烨烨（烨烨是一个女娃娃）都把各自的尾巴保持得很整洁。只有翎翎这个小鬼，一点都不关心自己的尾巴。

　　说到松鼠尾巴，在世界上倒是一件神奇的东西！它的功能有点儿像降落伞。松鼠可以在最高的树枝上跳来跳去，能够在连接着天的高树上来回的跳来跳去，就算跌下来，也一点儿不会摔坏摔伤，这一切全靠他的尾巴了……当他落下来时，只要把他的尾巴蓬开，就会像生着翅膀那样，十分安全地降到地面上来了。松鼠的尾巴为什么经常保持非常整洁，常常保持全部蓬开，保持轻松得像羽毛，原因就在这里。不然，这条万分绝妙的尾巴不但不能帮忙，反而起到牵引下坠的作用，使可怜的小动物摔死。所以，松鼠娃娃们要上的第一堂课，就是要去学会蓬松尾巴。

　　松鼠娃娃们在幼年时只知道他们住的那棵大树。那时他们在丫枝间高兴地跳跳蹦蹦，有时候还会学啃松球。在开始的时候，独自干是不行的。因为要啃一个球果到底不是一件容易的事情。要啃得干净利落，从上到下，不要遗留一粒松子！翎翎是一个不太有耐性的松鼠，他往往只是咬下一两粒，然后就把整个球果扔掉了，以至于有一次，橙橙妈妈狠狠地教训了他一顿，告诉他要珍惜东西。翎翎努力了一番，总算学会了啃球果的技术。当他第一次将一个啃得很干净的球果拿给妈妈看的时候，全家都高兴地祝贺他的成功。

翎翎、淘淘、风风和烨烨都非常爱他们住的大树。那棵大树好像是一个大城市一样。在它的树皮里生活着许多条小虫。距离快快一家的窠底下不远处，有一个树洞，那里就是啄木鸟的窠。那啄木鸟成天用他的嘴敲击着树皮，整天都听见他敲击树皮的"笃笃"声。

经常有陌生的动物来访问这棵大树：什么鸟呀，什么五颜六色的蝴蝶呀。有时候，在傍晚时，还会飞来一只眼睛滴溜圆的大猫头鹰。他往往要停留一会儿，然后才飞走。在树根的旁边，还有两只野兔，他们在那里挖了一个地洞。

在这座森林里，这样的树有上千棵，可这窝松鼠娃娃们认为他们可以住的这棵大树，是森林中最好的一棵。当他们看着地面的时候，可以看见有许多红色的香蕈，周围还点缀着柔嫩的苔藓。而且他们还看见了草莓的新叶和那金子一样的金雀花。

他们还可以遥望到一条小河，每天得傍晚，几只鹿会到河边去喝水。整个白天，他们都听得到喜鹊和杜鹃在唱歌。

这些小松鼠们住在他们的大树上，好像是在乐园里一样。在他们看来，整个世界就该像太阳光那样灿烂，而且像他们周围的朋友们那般可爱。

可是有一天，他们遇到了非常惊心的场面！那次他们才明白，他们还有冤家对头。那天，他们正在玩得起劲的时候，突然听见一串接二连三的叫声："杜克！杜克！"这种叫声是令人恐怖的，以至于他们怀疑，这会是爸爸的声音。

可是，不等他们想下去，马上，他们便瞧见快快在沿着不远的一棵高大的白桦树上爬。孩子们之前从来没有见到过快快这样轻快地爬树。而且在他后面还紧跟着一只动物，那家伙生着四只黑脚以及一个细长头颈。那家伙竟追着快快，爬得差不多像快快一样快。小松鼠们吓得气都透不过来。松鼠快快逃到白桦树顶上，降落到了地面上。快快就脱险了。（从而翎翎也懂得了经常保持自己的尾巴整洁是很有好处的。）追赶快快的动物大怒着叫了一声，转身撺去。风风和淘淘才看清楚他的肚皮是白色的。

"这是黄鼠狼！"橙橙妈妈惊讶地说，"你们好好蜷伏在丫枝上面，别让人家看见！"

说罢，她自己平躺在树干上，一动不动。

当时，那黄鼠狼以惊人的速度爬下了那棵大的白桦树，向四周张望和嗅嗅。快快却已经逃得踪影都没有了。那家伙并没有捉到松鼠，便气乎乎地走了。隔了一小会儿，快快爸爸便跳到了他一家人躲藏着的那根树枝上，他气喘吁吁地说：

"他在整个森林里面追我，我差点儿遭到了他的毒手。"

他累得气喘吁吁的，从他火黄色的皮毛可以看得出他的心在剧烈地跳着。妈妈也抚摸着他，以便使他很快安静下来；孩子们亲切地蹲在他身边。烨烨用她小小的脚爪递给了他一颗松子。

第二天，正是那四个孩子出生后满八个星期的日子，快快家里热闹极了。当一只松鼠出生到了八个星期的时候，就可以跟着大松鼠们爬树了。而且一般说来，还可以做到成年松鼠所做的一切。这一天，快快的一家是多么愉快啊！淘淘和妈妈赛跑，赢了妈妈。风风十分喜欢从树上跳到地上，他先在一根枝丫上荡来荡去，然后一跃，同时蓬开自己的尾巴，就到了下面啦。之后他又回到树上，在那里继续跳，跳了一次又一次……

烨烨正好相反，她非常自负，不愿再跳到地上去。她从这棵树跳到那棵树，可是始终没能远离自己的窠。

至于翎翎，他跑跑、爬爬和跳跳，从森林的这一头到那一头。在他眼里看来，一切都感到新鲜，他用小嘴到处探测。他吃了好多的松子，一直玩到晚上才回家。他还在一棵老橡树底下找到了一只美丽的香蕈，并且将它带回了家里。他两个兄弟以及妹妹围在四周，认真地看着这只棕色的香蕈。妈妈将它钉在一根枝丫上说："等太阳把它晒干，我们就可以吃它了。"从这天起，快快一家就都去找香蕈了。

翎翎、淘淘、风风和烨烨，一生最快乐最美好的日子，就从那时开始了。他们跑遍了森林，在覆盆子开始成熟的林间空地上追来追去，津津有味地在吃着这些美味的核果，连松子都忘记了。他们经常出去晒晒太阳，也经常在树顶上的那个人家所遗弃的旧窠里休息，也还经常发出幸福的尖叫……

一天下午，他们正聚集在离窠不远的一棵枞树上，忽然间妈妈发出"杜克，杜克！"的叫声。孩子们记得很清楚，这种叫声到底是什么意思。他们也知道危险临头了，所以大家都连忙平躺在树枝上了。

清清楚楚地传来一阵轻轻的小脚步和有节奏的大脚步的声音。然后，突然又什么都听不见了。

就在他们住着的大枞树下，森林看守人和他的孩子也刚刚停步站在了那里。

翎翎瞅瞅他们，在这座森林里面从来没有见到过这样大的动物。尤其使他奇怪的是：这两个动物是用两只脚走路的，他们看来多么的滑稽啊。为了使自己看得更清楚些，他便站了起来，把他那小小的脑袋探到了枝丫下面去。于是，可怕的灾难就降临到他身上啦。

那森林看守人很快举起枪，对着翎翎瞄准儿，之后再把扳机一扳。翎翎的右腿马上感到了一阵剧烈的火辣辣的疼痛，身子顿时就失去平衡，跌到了地面上。

翎翎想马上站起来逃走，可是他的腿受了重伤，根本不听他的使唤。在他神志清醒的时候，大动物（森林看守人）已经将他捉在手里了，那个小动物（森林看守人的孩子）跳跃着，欢呼着。

翎翎被吓得半死不活，但是他心里明白，知道这两个奇怪的动物会把他带到远处，而且是带到非常远的地方，自己将永远地远远地离开他出生的那棵老树。

他苏醒以后，却发现自己已经被关在了一只小铁丝笼子里面了。他再也看不到树了，再也看不到草莓叶子和小河了，所以他那颗小小的心灵非常忧郁。

在森林里呢，妈妈、爸爸、烨烨、风风、和淘淘也从恐怖中逐渐平静了下来。开始的时候，他们为失去了翎翎，非常悲痛。翎翎这孩子，真是不听话，他贪吃、好奇，整天在森林里游荡，探索着每一个洞穴。但他到底是他们的孩子啊！而且，这孩子是多么活泼啊！

在一片哭声之中，爸爸说："不得不马上搬家了。森林看守人一定是认出了我们的窠，如果我们再住在这里，便不安全了。"

他们最后一次留恋地欣赏他们的大树，他们曾在这里过得多么的幸福……于是爸爸站起来纵身一跃，就跳到旁边的一棵树上。妈妈马上跟随着他。紧接着，三只小松鼠也行动起来。

快快一家就这样又搬家了。

他们跳着，跳着又跳着。烨烨长得最娇小也十分瘦弱，慢慢的就跟不上他们了。当她落后了好一段路以后，就哭丧着脸，这时她的妈妈也很难过，妈妈只好停了下来等她，等待女儿赶上来。烨烨赶上后，妈妈一把抓住了她，用嘴衔着她，继续向前赶路。

差不多到了森林的边沿了，爸爸跳到一棵有洞的老橡树上，在一个窠旁停了下来。他曾经在这里住过，可那还是在他结婚以前的时候呢。孩子们很喜欢这个地方，所以都很想到附近去探索一下。可是，他们毕竟赶了很长的路，已经很累了，所以没多久大家就都瞌睡啦。

第二天一大早，天一亮，爸爸就带着他们出去走动。他们只跳了四跳，就到了一大块碧绿的大草地上。小松鼠们这下可高兴极了，在那里来回的追来追去。可是，当他们玩了一小会儿，突然就停止了。原来在他们面前横着一条河，他们很惊奇地望着它。因为他们之前从来没有看见过这样大的河流。

不过最稀奇的是：河水还在不停地流动着……他们以为他们是没法渡过这条河的，因为渡河肯定不像在地面上行走那样。而且这条河是流非常危险的。他们十分害怕。

就在这个时候，发生了一件令他们更加害怕的事情。他们的爸爸只是一跃，便跳到了这条缓缓的清澄的河里了。但是他没有让河水将自己带走。他奋力的游着，笔直地像一枝箭一样向前游去，孩子们受惊的心情现在还没恢复过来，他已经游到了对岸了。他站在岸边上，抖动了几下身子，然后便躺在太阳底下来晒干身上的毛。

淘淘、风风和烨烨看到爸爸有这么一手，都感到很骄傲。他们认为他不是一个普普通通的爸爸。这是一位懂得游泳的爸爸啊！他们立刻感到自己应该像爸爸那样，于是，他们三个全都不约而同地也一起跳到了河中。河水是十分清凉的，小松鼠们都努力坚持住浮在水面上。虽然他们游得不像爸爸那么快、那样好，可是他们游着游着，最终也都游到了对岸。他们也学着爸爸的样子躺在了太阳底下，感到很幸福。

他们躺在地上，环顾了一下四周，看见了许多不认识的树木。这些树比起他们之前所住的森林里的那些树，生得更加矮小；树上生着一些圆圆的嫩叶，在叶丛中藏着许多别致的东西：既不像松树上的那些球果，也不像那些山毛榉果实，更不像橡子。

小松鼠们也很想知道这是一些什么东西。虽然他们从来没有看到过这样的东西，可是他们都设想这些东西一定特别鲜美。

这时，爸爸站起身来，整理了一下身上的毛，把尾巴毛蓬蓬松，然后跳到了旁边的一棵树上去了。小松鼠们都想跟他上去，当他们还没来得及下决心，爸爸早已把这些令他们疑惑的东西扔下去了许多。三只小松鼠们马上用前爪拣了几颗，坐着吃了起来。他们先揭去了外面的绿皮。绿皮一被揭开，就发现里面是有一层棕色的外壳。他们用牙齿咬破了它，找到了一粒仁儿，果仁中有一股引起馋欲的浓郁香味。他们便尝了尝，是一种什么滋味呀，还真不好形容。

他们还是生平第一次吃到这样鲜美的东西呢。他们还没有来得及吞下果仁，便已经各自又躲在一棵小树上了，兴高采烈地吃了起来，只听见一片一片咬碎榛子喀喀的声音。

他们吃得饱饱了之后，就走回家去。这一回，小松鼠们渡河好像比之前容易得多了。他们每个的小嘴里都衔着一棵榛子。因为之前他们看见了爸爸嘴里衔一颗榛子，所以他们就全都照做。

快到他们住的枞树前时，爸爸停住了脚步。他开始在一簇荆棘丛的下面刨地。当他刨出了一个小坑时，就把榛子放下了，盖上泥土和松针。小松鼠们还以为这是一种游戏，于是也把他们带来的榛子藏在了地里。

但是，这并不是一种游戏。快快爸爸是一只十分聪明的松鼠，他知道当榛子成熟的时候，天气便渐渐转冷了，太阳就起来比较迟了，落下来得早了，风就在森林里面刮着。有一天，当开始下雪时。雪是柔软的、白色的，但是冷森森的。雪下着下着，覆盖整片土地。快快已经见到过了这一切。因此他知道到了那个的时候，松鼠所需要的东西就全都没有了。正如所有那些具有远见的松鼠一样，快快的一家也开始动手储藏粮食了。他们在树洞和旧窠里藏满松子、榛子、山毛榉的果实和香蕈，他们把干燥的粮食藏在或埋在灌木底下和石头底下。他们一吃好饭，就马上开始工作。他们在整个森林里安置许多贮藏室。

风已经渐渐刮起来了，河水也冰冷了。榛树中的叶子枯黄了，凋谢了，快快的孩子也已经长得和爸爸妈妈差不多大了。

当快快一家子在森林里开心地跳来跳去，准备粮食的时候，翎翎还在笼子里忧愁地跳着呢。每天早晨，这个叫小让的孩子给他送榛子、松子和清水。小让还给他做了一个小的秋千架。可是，这个东西又哪里比得上落叶松或枞树的丫枝！在那里，在大森林，才能爽快地荡呀！翎翎永远也不会忘记森林里的那些树……哦，不用说，那个小让是十分和气的，常常向他微笑。翎翎差不多开始对他有好感了。可是这个人类的孩子一点儿也不像松鼠，他没有快快一家那样的大风度，虽然他生得那么大！

这就是翎翎所能想到的一切。有一天，他发现小让忘记关好笼门了，于是他就慢慢地探出头去，望望右边，再张张左边，确定没有人。他就马上跳出了笼子。接着马上又跳到了窗台上，然后又顺利地跳到了花园里，之后他奋力跳到了矮墙上。

虽然他那只受伤的腿走起来还有点一跛一拐，可是他还是不顾一切的又蹦又跳啊。他尽快地跳着跑着，他已经远离了笼子，到了森林里。他来到从前住的窠，但是窠里面空洞洞的，没有谁还住在里面了。翎翎见了空窠很伤心。可是他一想起自己又回到了森林，恢复了自由，就又十分高兴了。他乐得跳起了舞来，并且像疯子一样的尖声叫着。

第二天，快快、橙橙和他们的孩子们在林中的空地上，采集了最后一批松子。他们都十分专心地干着。忽然间，妈妈抬起头来看，吮吸了几口空气，接着就惊呆了。这时，他们望见了在离他们不远的地方有一只十分漂亮的大松鼠。他的毛色红得像火。橙橙叫了一声，这时那只陌生松鼠回答了一声。他接着跳了三跳，快快看见他一条腿瘸着。

他对瘸腿倒是不在乎，但是他眼里闪出了愉快的光。他又跳了一跳，便已经靠近他们了。这时，妈妈也喊了起来："这可是我们的翎翎呀!"于是，他们便马上围着他，用嘴角触触他，发出了轻微的叫声，并且十分快乐地便跳起了舞来。爸爸和妈妈感到很幸福，就像他们生下孩子的那天一样。

就在第二天，就开始下雪了。天空慢慢地落下了许多白色的小星星，那些年轻的松鼠望着它，感到非常惊奇。这可是他们出世后见到的第一次下雪，雪愈下愈大了，不久后，到处都变成了一片白色。这时，那四只松鼠翎翎、凤凤、淘淘和烨烨便忧郁地想到了太阳、花卉和青草。

没有谁告诉过他们，可是他们的心里明白，这个世界是不会老是这样冷、这样一片白的。他们意识到了阳光将在不久之后重新照耀回春的大地，那时候草木将重新呈现出一片绿色来……

他们开始觉得冷了。所以他们紧紧地蜷缩在一块儿，安静地睡着了……

春天的报信者

咕咕！咕咕！

杜鹃们在树林上空来回飞翔着，杜鹃们在草地上面飞翔着，杜鹃们在歌唱。

法朗沙瓦抬起头来望着，眼睛直盯着灰色的杜鹃。他随手拍了拍一只花母牛的背，凑在她的耳朵上说：

"标标，乖一点儿啊，替我看守一下那牲群吧。"

法朗沙瓦说完了以后，便奔到了小河旁边，从兜里拿出了小刀，顺手割断了一根儿柳条，那柳条顿时湿淋淋的，流出了很多汁液。他坐在了草地上，削着柳条，做成了一根小笛子。法朗沙瓦一面用刀子的柄轻轻地敲着树皮，一边喃喃的念着：

　　　脚着木屐，的笃的笃，
　　　领着牲群，草上放牧。
　　　我有蛋糕，味道真好，
　　　吃我蛋糕，咕咕地叫。

他这么敲着，树的汁液就流淌出来。法朗沙瓦把柳条轻轻地拧动，一会儿树皮就从湿粘粘的枝条脱落了。他又在上面凿上些眼儿，笛子做成了。

他站起身来，直挺挺地在那站着，将笛子凑到嘴唇边，吹奏了起来：

"咕咕！咕咕！咕咕！"

春天就这样开始了。

一切都很安静，草地上散布着许多雏菊。只听到风吹动着新近变绿的叶子和树枝。这时又传来一阵"咕咕！咕咕！"的鸣叫声。

杜鹃也飞来了，叫了好几声。

法朗沙瓦的笛音与之十分相和。

接着这里又重新开始寂静起来，只能听见风声。

有一天大早上，"叽哩叽哩！""辛克，辛克！""呜咕噜，呜咕噜！""史替格利特，匹开尼特，基，克勒啊！""脱利叽叽，脱利叽叽！""的克，脱利克！"……

人们听到一片叫声，以为是所有的树木都在那里歌唱了。

那些橄榄色的翠雀们，叫声好像是小铃铛的声音那样。

那些戴胜，一会儿展开美丽冠毛，一会儿又收拢冠毛，而且不住地唱着："候泼，于泼，希儿！"

那些斑鸠们相互唱和着，燕雀也不停地张开小嘴，黄莺则躲藏在灌木丛里面。

而那些啄木鸟、鹟鹩、金翅雀、以及鹊鹊、灰雀和鸦，这些鸟儿散落在每棵树的上面，每簇灌木里面，每根丫枝上，都叫着。

松鸦发出尖锐的叫声。云雀们把大地苏醒带来的开心传送到天上去。

"叽哩叽哩，居衣……"

各种鸟类都来了。

没过多久，灌木丛和树丫上的大部分地方都被各种鸟当作建窠穴的地方了。

那些鸟儿们回来，找到了去年做的旧窠，那是多么好的运气呀，当然啦，需要修补一下才好居住，因为秋风冬雪，那些窠已经被弄得破破烂烂了。……这倒并不算什么大事儿，鸟儿们依旧很快地把一切整理好了，马上就有一种回到了老家的感觉。

各种鸟儿们一对儿一对儿地开始动手干活儿，他们搬运着稻草，搬运着马身上掉下来的鬃毛，搬运着扯在荆棘上的羊毛渣滓，还搬运着粘土、羽毛和草等杂物。他们在天上来来去去，非常忙碌啊！他们离开树枝的时候唱着歌，回来时候闭着嘴，衔着东西。

法朗沙瓦躲在芬芳的草地上面，听着他们的啁啁啾啾的声音，好像能懂得他们的歌曲似的。

翠雀向黄莺们诉苦："辛克，我们在一棵巨大的山毛榉上选定一个地方，我们的窠都差不多做好了……但可恨的是那些戴胜们却把他们的窝安顿在我们的窠上面！"

"居衣，真是太可恶啊！"

"必须避开他们！"

"天啊！戴胜真讨厌呢！他们从来不打扫自己的窠。"

"戴胜真是个讨厌的家伙。这样说来，今年我们只好再住在这棵灰色的白桦树上了！"

知更雀在山楂树里说道："谁都找不到我的窠啊，谁都找不到我的窠啊！"

山雀在说："唧脱，我们住在一棵老橡树的洞里。"

各式各样的窠修补好了，无忧无虑的鸟儿们除了在白天唱歌之外，就没有别的工作啦。太阳刚刚升起时，他们就唱起来了：

"居衣，叽哩，居衣。"

"叽克，脱吕克，叽克，脱吕克。"

"居吕，脱吕衣。"

"比利，比利……"

太阳刚落下去时，他们的声音就没有了。

他们唱歌，他们飞行，他们全是幸福的。

但是，有一天……

"咕咕，咕咕！"杜鹃在灌木上面和树顶上面的空中飞翔，但所有的鸟儿都吓得不敢出声了。不一小会儿过后，小鸟儿们发出了十分愤怒的叫声：

"撵走她！强盗！她是强盗！"

可是那时候杜鹃已经飞远了。小鸟儿们又重新叫起来，一起唱着一支柔和而又协调的歌。杜鹃已经不在那里了。虽然她像闪电似的飞过，可是现在已经瞧见：知更雀的窠是那么好地隐藏在了灌木里；山雀的家在老橡树上面；斑鸠是用灌木做的细枝，他们在松树上编造好一个十分大的窠。

"咕咕！咕咕！咕咕！"

法朗沙瓦应该把他的牲群赶到山上去了。就在他出发前，在树林周围兜了一个大圈子，看望了一下那些鸟窠们。

那里可以见到鸟卵，差不多在每个窠里的卵，他都数过了。他攀上树或穿过灌木丛，轻轻地分开那些枝丫们，每次都屏住了呼吸，悄悄欣赏着那些小卵。

在斑鸠窠里有两个卵；在知更雀窠里有五个卵，圆兜兜的，都是淡黄色，布满了虎黄斑点；在山雀的窠里共有六个白卵，上面都点缀着青铜色的点子。

在地面上，在百里香和草丛里，美丽的云雀的窠里面装满了蛋；那里鹌鹑窠也是同样的。

鸟儿在那窠旁唱着，跳着，不时又忽忽地扑扑翅膀，震动一下叶丛。一张小嘴、两只闪闪的眼睛又出现在一簇簇灌木里。

黄昏的时候，鸟儿们又一只一只地静默下来了。

忽然传来一阵"咕咕！咕咕！咕咕！"的叫声。

杜鹃的黑影子一下子又降到小鸟儿们的窠上面。

"杜鹃来了！"

那些小嘴们一齐发出警报。

是的，杜鹃来了。她们躲在一根枝丫上面，抖抖她们松松的羽毛。

她的叫声一下子深入到了树林里的四面八方。于是每个窠里传出："撵走她！快保护我们的窠啊！"

鸟妈妈们喊道："让我们来帮助你们。"

她们一起行动起来啦，走出了窠，搬离了她们的卵。

杜鹃飞走了。在小树林里的鸟儿们都出来驱逐她。这时温和而又美丽的黄莺怒得竖起了羽毛，构成了球形，谁还认得出呀？翠雀拍击着绿翅膀。灰雀的嘴虽然钝，这时却变得可怕了。知更雀、金翅雀、山雀和鸦一下子变成了猛禽。连落在后面的小小的鹡鸰，也要跟着叫喊冲杀的。

杜鹃的那一对灰色的大翅膀，真是彻底激怒了那些蓝羽毛的、红羽毛的、绿羽毛的、黄羽毛的鸟儿。

"咕咕！咕咕！咕咕！"

杜鹃消失在了树丛里，她兜了好大一个大圈子，又回到了小树林子里面来，而小鸟儿们还在那儿笔直往前搜索她。

　　她不声不响地停在山雀住的橡树上，正好是在她们筑窠的树洞上面啊。好像小偷那样，她神情十分不安地望着四周。她把头部急速地探进隐藏得十分好的窠里，探了几次，把那四个小卵弄出窠外，落在了地上，跌得粉碎。

　　之后，她栖身在了苔藓上面，心情激动得身子都在颤抖。当她站起来时，已在那里留下了一个卵：是一个杜鹃的卵！而且比山雀的卵要大得多，只是颜色和她们的一样，都是白色的，但是也夹杂着许多青铜色的斑点。

　　于是，杜鹃便张大了嘴，巧妙地衔着还有一点热的卵，慢慢地放在了山雀的窠里。

　　小鸟儿们追不着杜鹃，都扫兴地回来了。她们的叫声中还含着怒气。她们狂热地扑动着翅膀。入夜了，快速飞回到自己窠里吧！

　　山雀回到了窠里，便痛哭起来，哭声一直传到了树林深处。

　　"我的卵，我亲爱的宝宝呢！"

　　山雀的妈妈在橡树脚下找到了那破碎的卵壳，在窠的里面发现了一个杜鹃的卵！她的羽毛都根根竖起来，在那里目不转睛地注视着那个卵。

　　她在那里想些什么呢？

　　"西脱！"

　　她开始唱歌了。

　　她可怜这个孤儿。她便开始爱他，并且马上孵着杜鹃送给她的这个大卵和杜鹃还没有弄掉的那自己的两个小卵。

　　而杜鹃呢，她在小树林上面、小河里面、草地上面飞了一小会儿，飞到那座古老的森林里去了。就在那里，老是飞来飞去的她，这时一动不动地呆了好久，似乎在沉思她不可思议的生命。大自然妈妈没有教会她们抚养和疼爱孩子的本领！

　　她不会筑窠，不会孵卵，所以一定要把自己生下的卵放到别种鸟的窠里去。而且她只会在树林里不停地飞，只会睡树顶上，从来不知道睡在那暖和的床上是多么的宁静和舒服。她生来便是到处流浪，她的翅膀是那么坚强，能够像风那样自由自在地来来去去。

　　"咕咕！"大地苏醒了，"咕咕！咕咕！"树木变绿了，"咕咕！咕咕！"

哦，小河开冻了，这不是春天到来的报信者吗?

鸟儿们也一只跟着一只停止了歌唱。那些卵们都孵出来了，他们也不再有空闲的时间来唱歌了。他们还要去喂养饥饿的小娃娃，那是一件很忙的活儿啊!

最先孵出来的是那些黄莺的卵，他们的父母都在不停地找寻苍蝇、蚊虫和蜘蛛，而且简直没有时间停一停翅膀。

"脱吕衣特!"他们在飞行时勉强跟别的鸟打声招呼，七张小嘴总是在窠里嚷着肚子饿了。

其次便是翠雀啊，她生了五只小鸟。

那些鹡鸰在附近飞来飞去，跳来跳去，喊喊喳喳地讲话。

"脱来……叽哩! 脱来……叽哩! 我们该捉些苍蝇给六个小东西吃了吧"

这时，又传来一个柔和的不易觉察的叫声:"呜咕克鲁"，原来是那两只小斑鸠破壳钻出来了。

经过十六天的孵化，小戴胜已经出世了。按说老戴胜也应该忙着给孩子去张罗吃食啦。

由于戴胜妈妈不是一个好管家，她也不知道整理、打扫，因此她的窠里也很脏，臭气满天，引得附近的苍蝇都飞了过来。苍蝇们在戴胜的窠里排下了许多小卵，现在的窠里有许多肥胖的幼虫在蠕动。老戴胜也非常高兴。

她冷眼看着其他小鸟那副很忙乱的样子，得意地叫道:"吁泼!"

她煞有介事地蹲在窠边上，好像是呆在一个真正的"极乐世界"，她根本不用移动身子，那些白色小虫就对准她的嘴落了下来。

十二天以后，小小的山雀妈妈一直没有离开过杜鹃卵，这个卵是又大又硬啊，弄得她累极了。

她的亲生孩子昨天就出世了，山雀妈妈感到十分幸福。她打算去替小娃娃捉蚜虫。可是不行，她要孵熟这个怎么孵也不破壳的大卵。所以只好由山雀爸爸过来担任喂养娃娃的工作。

有时候，杜鹃妈妈也出现在附近，也出现在山雀的窠前，一点声音没有，一会儿便又消失得无影无踪了。

　　杜鹃娃娃终于在壳里动了。他利用自己的嘴，不停敲击着卵壳，然后又用脚帮助蹬踹着，才钻了出来。他全身都是黑色的，没有羽毛，长着一个大头、两只大大的眼睛。山雀妈妈看了看他，有些惊讶。

　　"啁嘶!"杜鹃娃娃生气地叫着。

　　"西脱，是了，小家伙，来了来了! 别着急，马上就去搞些吃的。"

　　山雀妈妈说完了以后，便急急忙忙地飞了出去，给这个大头娃娃找寻一口食物。

　　这个时候，杜鹃妈妈赶来了。

　　"咕咕! 你出来了! 我已经等你好久了!"

　　这时山雀妈妈也回来了，嘴里还衔着一只小苍蝇。

　　"西脱!"

　　两只山雀娃娃对着妈妈伸长了脖子。杜鹃娃娃推开了这一只，又撞倒了那一只，凑上去啊呜一口，抢吃了那只小苍蝇。

　　"啁嘶!"

　　山雀爸爸捉了一只蜘蛛也回来了，杜鹃娃娃从他嘴上抢夺下来，呜一口吃掉。

　　山雀妈妈忙说："快快，再去找找，你瞧，那两只小的，一点儿也没吃着呢!"

　　说完之后，他俩飞了出去。

　　这时，杜鹃妈妈回到森林里，原来那个无忧无虑的春天报信者，成了大森林里有力的保护者。

　　那么丑陋讨厌的毛虫在树干以及丫枝上爬行。那些小鸟儿见了他们便摇头。人们对于这些毛虫也感到束手无策。这批破坏植物的队伍打算啃啃一切，叶子呀，果实的皮层呀，他们都是要啃来吃的。假如没有杜鹃来保护，树木就要枯萎，整座森林也就会被破坏。只要一个早晨，几千条毛虫都会被吃到一只杜鹃的嗉囊里去。害虫们一天天少起来，森林也得救了。

　　杜鹃也就是这样大方地报答那些小鸟照顾她孩子的恩惠的。如果树木被毁灭了，他们就不能在这个地方造窠了，他们要到什么地方去生活呢? 树木就是鸟的村庄，又神秘又美丽的村庄。那些村庄的名字叫: 橡树村、榛树村、山毛榉村、白桦村和松树村。

一向留在窠旁的那些鸟儿们，现在便在小树林中游逛了。他们互相访问，互相介绍着自己的正在学飞的娃娃。只有山雀没有时间去参加这种快乐。因为是杜鹃娃娃老是叫着肚子很饿，一口还没吃完，已经在这里嚷了。

小杜鹃渐渐长大起来了，窠也只够给他独个儿居住，两只小山雀对他有些碍手碍脚了。有一天，他钻到了一只小山雀的身子下面，把他顶了起来，推出窠外去了。但是好像地方还是不够大，他就展开翅膀，紧紧压在另一只小山雀的身上，终于把他闷死了。现在这窠完全归他一个儿，甚至两个养父母都不让进去。

山雀妈妈和山雀爸爸只能睡在窠旁的枝丫上面，身体紧紧挤在一起。他俩经常在睡梦中，被养儿子的尖叫声吵醒。

四周还在昏暗的时候，山雀们已经出去捕捉昆虫了。整天整天的在外面捕捉，为了喂养这只小杜鹃，他俩忙忙碌碌地飞去飞来。他们捉了许多昆虫，自己只是很偶尔吃上一小口，目的是为了维持生命，不至于饿死。

其他的小鸟注意到了山雀的行动，觉得很惊奇，所以翠雀们跟随他们来到他们的窠前，想看看究竟是什么情形。

他回去向其他小鸟说道："你们之前是否见过山雀小娃娃呢？他怎么生得又丑又大，而且听见他的叫声就觉得很奇怪。"

鹡鸰说："那个是杜鹃的孩子。"

很快的整个小树林都叫了起来：

"在山雀的家里，还有一个杜鹃娃娃！有一个杜鹃娃娃！"

这时金翅雀说："哺养这种小家伙是十分辛苦的。"

知更雀唱："哦，我也想起来了！去年，杜鹃曾经在我们窠里留下了她的卵。你记得吗？那个卵同我们的卵是一样颜色。我们也很喜欢它，我们把它孵化出来，我们很喜欢我们的小杜鹃。他生长得可真快啊！几天以后，在窠里就已经容不下他了。他的胃好像一个无底的洞！把我们搞得很辛苦！当他开始会飞，那就更糟了，简直捉不住他。所以我们追来追去，好像在捉迷藏！他真是神出鬼没的。我们当时没看见他，忽然间听到'咕咕！咕咕！'的叫声，回头再去看看，他竟然躲在山楂树上！我们赶过去的时候，他又不在那里儿了。停在更远处，停在了一棵枞树的顶上，'咕咕！咕咕！'地唤我们。"最后，知更雀总结了一句说："不过你们要晓得，那个杜鹃的小孩是很有趣的。"

在那片树林中充满了簌簌的振动翅膀的声音，小鸟儿们已经飞得像他们的父母们一样好了。

那只小杜鹃从树洞里面探出头来，这望望小鸟们的游戏，一边拼命地嚷着肚子饿了。

有一天，他独自儿在那里呆着，听见了"咕咕！咕咕！"的叫声，这叫声十分打动他的心灵。

一只灰色的鸟栖息在了他窠旁的枝丫上。小杜鹃激动了，他有生以来第一次学着叫：

"咕咕，咕咕！"

同时，他也觉得在翅膀上和身子里已有了许多力量，他那会儿只有一个念头："离开窠，快些飞出去！"

"咕咕！咕咕！跟我来吧，那边的老森林在等着你呢。"

所以，小杜鹃站起身来，探出头去，又收紧喉咙叫了一声。可恨的是橡树的洞口太小，把他关在里面了。他挣扎着，扯掉了许多羽毛，累得要死。杜鹃妈妈扑着翅膀过来，在旁边鼓励他，叫唤他。可是还不成功。她只好扫兴地回到老森林里去了。

山雀回来的时候，小杜鹃还在叫嚷，挣扎得气喘吁吁的。他们马上明白了，柔和地歌唱着："杜鹃，真可怜的杜鹃啊，别发愁啊，我们同你在一起。还给你带回一条肥大的毛虫。你说，毛虫的味道不是很美？先等一等，我们再去替你找些更好的东西来，对了，你喜欢吃一些蜘蛛吗？"

有了翅膀还要被关起来，真够伤心的了，小杜鹃闭拢眼睛，根本不愿意看到其他鸟儿们在外面自由自在地飞行。

他肚子饿了，而且老是肚子饿。小杜鹃唯一的一个快乐便是听到妈妈的叫声。她时常飞过来，栖息在孩子身旁的枝丫上，向他讲解什么为风、春天、大森林、云以及长途旅行等等。

田里的庄稼已经收割了，那些泊芙蓝以虎黄的花柱来点缀着草地，分外美丽。

法朗沙瓦还是领着牲群们回来了。

在树林里面，喧哗的争论声代替了歌声。

鸟儿们也准备出发了，在长途旅行以前，他们有许多话要讲。

到底由谁去领导所有的小鸟呢？

他们要经过几千公里的旅行，不会迷途。每年春天，鸟儿们回到我们这里，在我们的树枝上抚养大他们的小鸟娃娃。到了树叶开始飘落的时候，他们又离去了，又要等到下一个春天再来的时候——往往取相同的旅途回来。这些旅途是从北方到南方，在天空之中，总是有许多由鸟翼交织成的一张张看不见的奇网。

燕子们已经离开了村庄，那些戴胜也在集合了。他们从四面八方飞来，十只、二十只、三十只，接着，从那边又来了一只、两只……大家都停在一棵橡树的枝丫上。长着各种颜色的羽毛在阳光底下闪耀着，十分漂亮。他们当中有的冠毛的小头不停地摇动着，致使一向严肃的老橡树，又忽然变得像一棵乐园里的树了。

"候泼！希尔！……"

他们这个样子叫了两天，就飞向非洲去了。

稍迟一下，一大群翠雀也从树林离去了，好像一朵绿云。他们到什么地方去呢？就到西班牙去吧。

法朗沙瓦常常摇动着帽子，叫道："祝你们一路平安啊！"

他注视着鸟儿飞行，计算已经出发的和即将出发的鸟儿们的数量。

而那对山雀，在他们身边只有他们的那只小杜鹃，只听到他的永不停息的叫喊声。他们比初生时期更加明显地喜欢他，更加细心地照料他。但是日子也愈来愈困难。苍蝇差不多都没有了，蜘蛛、蚜虫以及各种小昆虫也渐渐稀少了。小杜鹃，老是闹着肚子饿，比之前吵闹得更加厉害了。

可怜的山雀啊，他们也有点儿不安起来了。他俩喃喃地在那里耳语，在谈着什么秘密的事情。

"没多久，就得出发……"

出发的日子很快就到了，这附近的山雀集合在小树林的那些边沿上。

他们呼唤着那对儿迟来的山雀："该走了！到时间该走了！"

而那对儿山雀，他们心神不安地抖动着翅膀，他们还一心牵挂着小树林里面的那棵老橡树。自然的规律是非常严格的，他们一定要做这次旅行。

这一回，是这群山雀的最后一次号召。

山雀群起飞了。快些，再给我们的小杜鹃喂一口吃的吧！那对儿山雀提了最后一条小虫子，到窠前去喂小杜鹃。在离别时，他们伤心地掉转了头，径直向天空中飞去。

小杜鹃独自一个儿留在树洞里面，心焦地等候山雀回来，一直把头探到洞外，一动不动。

真是好长久呀！他们为什么还不回来呢？饥饿开始煎熬折磨着他！自从破壳以来，那种可怕的饥饿，可以说从来没有离开过他。

"咕咕！"

他还不断地呼唤山雀，但是只有风吹树木的沙沙声来答应他。

他沉默了，他也恐惧了。

隔一会儿，他便又发出十分恐慌的叫声。

树林里面暗了，小杜鹃的尖叫声打破了那里的一片静寂。这个叫声逐渐低弱下去，好像远处的回声。

不知道森林里哪位好心的仙女向着法朗沙瓦的耳边轻轻地说：到树林里面去采香蕈。

大清早，他便高高兴兴地跑去了，走到了树荫底下，两手插在口袋里面，两眼睁得老大。

"一只香蕈！啊哈！两只！三只！"

"又红又白！一只毒蕈，但它是不能吃的，可是他生得这样好看！"

法朗沙瓦俯身去欣赏它的美丽，在这时候，"咕咕！"又一个十分刺耳的叫声，引他抬起头来望着。

"是什么东西在叫？"

"咕咕！咕咕！"

他这时朝着叫声传来的方向慢慢走去，他走到了树林里面，他愈往里走，声音就愈加清楚。他走到一棵橡树前面。这时候，又传来了一阵"咕咕！"的叫声，一种十分绝望的惨叫。

"他在哪里？"

　　法朗沙瓦过去先看看左面，看看右面，再看看上面。

　　"在哪里儿呢！哪里？"

　　他看见了那只可怜的小杜鹃，头在橡树高处探出。小杜鹃艰难地张着嘴，差不多叫不出声音来了。

　　法朗沙瓦攀上树去，到了窠旁。

　　"哦，对了，他生得实在太胖了，根本钻不出洞来。好个小家伙，你先等一等吧。"

　　法朗沙瓦说完之后，便拿出刀子，为了避免损伤那个小杜鹃，他十分小心地凿去了树皮。小杜鹃一直瑟瑟发抖，蜷缩在窠底。

　　树洞凿大了，慢慢地凿大了……

　　法朗沙瓦笑着说："好了！"

　　他将那双晒黑的手伸到洞底，捉出杜鹃，把他放在了衬衫里，贴近胸口，滑下树来。

　　到了地上，便拿出杜鹃来轻轻抚摸着。

　　"不要害怕！我是不会伤害你的！"

　　杜鹃真是吓坏了，好些时候，在他手里一动也不动。后来，才胆怯地抖动还没有展开过的翅膀。

　　捧住杜鹃两只小手十分暖和，这股暖气好像增加了杜鹃的力量，他便又抖了一抖，翅膀也灵活起来了。

　　法朗沙瓦摊平双手放下杜鹃，杜鹃蹒跚地走了几步，法朗沙瓦本想跟着，只见他一下子便展开大翅膀离开飞去了。

　　他自由自在了。

天生的飞毛腿

　　小野兔飞陆是一个被遗弃的孩子。他的爸爸被狼吃掉，姐姐被猫头鹰叼走。他出生以后，妈妈就只是花费了一个星期的时间来抚爱他、喂养他，之后她就出走了。

　　妈妈起先还经常回到窠里面来给小野兔喂奶的。她会悄悄地回到家里，拍击耳朵，飞陆一听见这个熟悉的暗号便会跑过去。

　　可是那种好景不长，就在三个星期之后，她真的离开了他。从此飞陆再也听不到妈妈拍耳朵的那个声音了。

　　按照野兔的规矩，妈妈是不负责管小兔子的教育的，所以野兔娃娃一生下来，妈妈自然送给他三样不同的礼物：一件是隐身衣、一件是两只顺风耳，另外一件是两双飞行鞋。

　　所谓隐身衣，是野兔身上的那些泥土色的毛；两只顺风耳，就是那对可以听见周围几公里外左右的细小声音的耳朵；飞行鞋呢，就是腿，因为野兔的前腿短，后腿十分长，脚尖上还长满毡呢似的浓毛，走起路来没有一点儿声音，而且也飞快无比。

　　飞陆在高原和盆地之间的半山坡里的森林的边沿的一棵枞树底下，掘了一个窝。

　　他住宅上面的那棵枞树还很年轻，但是生得十分美丽，它的枝丫下垂到了地面，四周有苔藓和一些百里香。

　　只见枞树的枝丫动了一动，隔了一小会儿又动了一动，一个褐色的小头十分谨慎地露了出来。突然，飞陆跳到草地上，用后腿坐着，他竖起两只耳朵，前腿还捋捋胡须，就像当家人的样子，注视着盆地里的菜园。

　　他自言自语道："一切都很好。我的胡萝卜又长出来了，我的旱芹菜现在也已经长好了，我的卷心菜也已经很肥大了，我真的很想去尝一尝……且慢，千万别胡来！现在还是大白天呢，不便走近那些房屋，还是先到别处去看看……"

于是，他便翻了一个筋斗，跳了几跳，就蹦到高地上去了。飞陆把两只耳朵贴在背上，飞快地跑到远处的小丘上面去了。他忽然又停了下来，把一棵甜萝卜四周的泥土使劲儿刨开，大口大口地吃着甜萝卜。这真是一顿耐饥的午餐。他又翻了一个大筋斗，离开了那里。一只大竹鸡见他跑近，就立刻起身，马上走开。飞陆一纵，向另外一个方向奔去了。他迎面碰上一只田鼠，他马上就掉头走。他回转身又跑去了，之后又遇到了一只野鸡，于是他翻了三个大筋斗，很快地消失在树林里面了。

夜来了。飞陆竖起他的耳朵向着盆地那边倾听着。那边有一些汩汩的声音，会是什么呀？是一条小河。那边又传来一些咯咯的声音，又是什么呀？是一只癞蛤蟆唱歌。还有一个低微的声音传来，是什么呀？是一只蝙蝠正在追捕飞蛾。这一切都令人安心，……狗现在已经睡了，村中的灯火熄了……小家伙，飞陆，现在你可以下去了。

他走下山坡，出了树林，穿过了一片草地，在荆棘篱笆里打通了一条路，直奔进菜园里去了。

一到了菜园里面，他就停下来专心致志地排着那天晚餐的菜单：

冷盆：旱芹菜梗子
第一道菜：新鲜胡萝卜
第二道菜：新鲜白萝卜
第三道菜：各色的冷拌菜
饭后点心：香芹菜
饮料：露水

接着这个嘴馋的家伙使用了小偷的一些伎俩，跑遍了一个又一个菜园，去吃最嫩最好的蔬菜。

香芹菜真好吃啊，汁水很多，正当他嚼着最后一片沾满了露水的菜叶，一只雄鸡啼叫了。飞陆赶忙溜走了，一眨眼之间，就已经到了田野里。

　　繁星们暗淡下去了，那东方的天边慢慢泛出了红。忽然，有一件东西从他的鼻子下面掠过，是一只云雀。她一直飞上天去了，叫着："居衣，居衣……叽哩……"意思是："晚上出游的动物，回家去吧！白天外出的动物啊，醒来吧。太阳照耀着、照耀着。"

　　霍泼！飞陆回到了窝里面。

　　整个白天，飞陆都在窝里睡觉，做梦。他的耳朵却没有休息，在睡梦中也依旧戒备着。他时刻认真听着四周的一切动静：一只田鼠跨着那急促的小步子，一条水蛇在石头之间滑动着，落叶窸窸窣窣。

　　然而对他来讲，世界上一切声音都会分成为两种：友好的声音和敌对的声音。杜鹃的咕咕、蜜蜂的嗡嗡、鸽子的咕噜、青蛙的呱呱、雄鸡的喔喔喔，这些都是朋友的叫声啊。他听到这些声音，可以舒心地留在老地方。下面的那些声音，便会引起所有野兔的恐惧：乌鸦的呱呱呱、狗的汪汪汪、鸷的起于起于以及砰砰的枪声。野兔听见这些声音，唯一的行动是逃跑，拼命地逃跑！

　　飞陆能分辨出东西南北，能分辨不同方向传来的声音和香气。

　　夜又来了，飞陆又开始了他的游行。

　　做野兔真开心，不仅能跳跃，还可以和风赛跑。飞陆没有一步路是斯斯文文地走着的，因为他总是不停地蹦蹦跳跳，拉着、摇动着长耳朵，打着小圈子，在田地里以及林子里奔跑着。

　　由于经常在附近跑过来跑过去，日子久了，也慢慢规划出了几条通向四面八方的路线，还有几条不易看出的跑道，在那些路上散发着他自己的一些气味，以致他用鼻尖一嗅，就能找到他的跑道。

　　周边的东西，飞陆都能如数背得出，一簇簇的草丛、一块块的石头、一堆堆的泥墩间的一切，他都记得非常熟。沟呀、荆棘丛呀、有洞的树呀，可以做隐蔽的地方没有一处他没有去勘察过。

　　他在奔驰中，如果瞧见了什么新东西，就要马上去看个明白。假如遇到的是一块界石或一根木桩之类，没有什么问题，他就安心。如果碰到的是一只动物，即使生得很小，于他也毫无害处，比如一条壁虎，他也会吓得要死，发疯似地逃走。谨慎小心过分一些了吗？那是从来没有的事！

　　日子一天天地过去，麦子也已经长得又密又高。白萝卜和胡萝卜的叶子遮没了那条小路，野兔还可以在那里奔跑，不会被发现。从那时开始，飞陆便放弃了他的枞树。每天早晨，他便凭着风吹送来的声音和香气，便随意找一个新窝。

一天早晨，飞陆从两行美丽的白萝卜之间，挖好一条小沟，当成一张床。他把两只耳朵贴在背上，头朝着北方看，准备睡觉。但是，在他闭拢眼睛的时候，他的耳朵却竖了起来，他听见一只野兔正在朝他奔来的声音，他还望见了天空中有一只大乌鸦，向着同一个方向飞过来。卜笃一声，一只小小的雌野兔也窜到飞陆的沟里来了。

"一定当心！当心吧！"飞陆向她低声说，"乌鸦正在追你呢。你朝右，走我的那条秘道吧，那条路直通到我的麦田里，那边没有什么危险。我会跟着你。"

他们到了躲藏的那个地方，飞陆打量了这个刚碰上的朋友——是一只十分漂亮的雌野兔，而且比他稍微年轻。他遇到了一位朋友，十分激动，所以他的心跳动得十分厉害。

他问："请问你叫什么名字啊？"

"我是金莲，你呢？"

"我叫飞陆。"飞陆回答道。

"飞陆，谢谢你救了我的性命啊。"

"金莲，我们两个是邻居，年纪又不相上下，你现在独自一个儿，我也独自一个儿。所以让我们交朋友吧，而且永远不要分开呐！"

从那天开始，金莲就和飞陆形影不离了。飞陆从一条小沟里跑出去，很快便消失在矮树丛里了，金莲也跟随在飞陆后面跑去，在远处消失。他俩出现在田地里在开放着红罂粟花以及蓝矢车菊的麦田里面打滚，然后一口气穿过了他们的广大地区，袭击了一棵大花菜。许久之后，他们吃了大花菜，然后又到了飞陆的老窝附近去，大嚼百里香。那是多么丰盛的饭菜啊！在那月色皎洁的晚上，他们俩到林间的空地上去跳舞。

有一夜，他俩又在那儿做游戏，又在那翻筋斗。正在狂欢的当儿，这时遇到了一只狼，迎面向他俩走来。多么可怕啊！他俩马上逃走，没命地奔！……他俩一口气跑了四、五公里，然后又安全地聚在一起，那是多么开心啊！

　　他俩还在林间的空地上看到一条蝮蛇和一只刺猬在激烈地战斗着，看得都惊呆了。就在那里，他们俩又遇见了一只獾，慢吞吞走过来，他俩讥笑他这副蠢头蠢脑的样子。

　　有一天，金莲在她的窝里面休息，突然她感到脚底下的泥土被顶了起来。过了一会儿，她又看见一张鼹鼠的嘴从泥土下面钻了出来……

　　时间过得非常快，简直就和这两只野兔的腿跑起来一样快。到现在为止，他俩躲过了各种危险。比如鸢呀、狼呀，袭击他们都没能成功。可能有人会以为他们有什么特别的魔法能为他们的长腿助力呢，因为他们总是能用闪电般的速度把自己带到十分安全的地方去。

　　然而，最近飞陆和金莲有些心神不安，他俩从空气里面预感到了某些事情将要发生。

　　有一天晚上，他俩刚醒过来，看到自己那美丽的麦田里什么东西都没有了。原来的地方只剩下了一片麦茬儿。他俩再也不能在那隐蔽了。随后，又是整整的一方苜蓿也都不见了，接着连白萝卜以及卷心菜也没有了。

　　一向震耳地喧噪的蟋蟀，忽然也不响了……在那些小丘上面欧石南花开了，还有那些杜松结出一颗颗蓝色的小球，远远望去是一片淡紫色。

　　飞陆对金莲说："这一切我都没有什么好感。"

　　金莲也摇摇头，并且说："我们是否可以跑到树林里去，看看那里怎样了？"

　　但是，树林里变样了。四处都是可怕的以及神秘的声音、喃喃的声音、窸窣的声音！仿佛这个树林里充满了妖怪。

　　那时树叶正在落下来。

　　金莲也颤抖着央求说："赶快逃！快逃啊！"

　　夜来了，他俩走下盆地去了，穿过了光秃秃的田地，跳过了许多凹路，最后在一道围墙的前面停了下来。

　　飞陆向金莲指了指一条小路大喊道："咱们从这里走过去吧！"

　　草地上铺满了红苹果，果园里一片芬芳。金莲啃着一只苹果，惊叫道："飞陆，它的味道真好啊！以后，我们每天到这里来吧，好不好啊？"

　　飞陆一面翻了一个大筋斗，一面扔出一只苹果，苹果朝斜坡脚下滚去了，他在后面紧追着，算是回答了她的问题。

他们俩在那里过得非常快活，直到雄鸡在叫第一声的时候，方才离去。

那是秋季里的宁静的早晨，天空是灰蒙蒙的。忽然传来了一声枪响，接着第二响，跟着又几响，之间还夹杂着疯狂的狗叫声和喊声。

田鼠吱吱喳喳地叫着跳进洞去了。鹌鹑和竹鸡吓昏了，动物们向四面八方逃走了。田地里走来了一队队猎人和一群群猎狗。

飞陆和金莲也离开他们的窝，各自朝一个方向慌张地逃去：飞陆穿过了田地，金莲跑向了树林。

飞陆耳朵贴在了背上，疾风似地奔跑着。他听得到身后一只大猎狗的嘶哑的喘气声。

这只猎狗是认得出野兔的秘密踪迹的，他把鼻子凑到地面上就知道。他一边狂叫，一边追逐着飞陆。飞陆朝左边一跳，随即朝右边一跳。猎狗受到了迷惑，所以落后了一点儿。

宁静的气氛就这样被枪声和叫声给破坏了。飞陆越奔越快，从来没有这样子快过，一眨眼的工夫，他都已经跑到树林的边上了。猎狗呢，在那里愤怒地叫着，舌头拖在外面，很快赶了上来。

飞陆感到自己精疲力尽了。他的心跳得那么剧烈，以至于呼吸都有些困难。他累得头都低垂了下来，凑近了地面。但是忽然，他发觉他踏着的草上又有一股熟悉的味道。没有问题，这里肯定是另外一只野兔的小路！那个发现使他的精神又振作了起来，他冲进了那条狭隘的跑道。而这时，附近一棵杜松的枝条挡住了猎狗的视线。飞陆连忙拼命一跳，跳到了旁边，向着相反的方向奔驰而去了。

猎狗一点儿没有察觉，他睁大两只血红的眼睛，鼻子在地面上来回嗅着，他去跟踪另外一只野兔了。

飞陆穿过了树林，来到沼泽里。他在那里不再听到人声，枪声也渐渐减弱了。

他又跳了好几跳，跳到灯心草丛里面，这时他已经疲惫不堪了，身不由己地一头倒在隐蔽的场所里面了。

一直到深夜的时候，他才决定离开那个避难场所。成千上万颗星星在天空里闪烁着，四周气氛十分寂静。但是飞陆心中依旧充满着恐惧，砰砰的枪声以及狗叫声似乎在耳朵里不停响着。他用天鹅绒似的脚，比平常更加谨慎地朝前走去。每隔一小会儿，他就会停下来，竖起两只耳朵，朝各方探听。这儿那儿一些惊恐未定的鸟儿，还在睡梦中惊叫；一只灰色的小鼹鼠，经过这条小路走远了；远处又传来了猫头鹰的十分可怕的叫声。

尽管飞陆有点害怕，但是他还是回到了平原上面。他跑遍那些田沟，不停嗅着地上，仔细倾听着。但是还是没有嗅到金莲的味道，金莲之前没有经过那里。所以他又跳着大步出发，在树林里来回搜索，可是一次一次都白费劲了。

圆圆的月亮在天边静静地照着，白光洒满了整个树林。

"一定在树林中的空地上，她肯定在林中的空地上！"

不，……什么动物都没有。

"或许在果园里？她很爱吃苹果的。"

唉！果园里也没有金莲！飞陆突然感到也许他永远都找不到金莲了。在那沉静的夜里，又传来了悲哀的叹息，那是飞陆在哭泣他的金莲。

之后，就是寒冷的夜和灰色的白天，那是多么凄凉啊！没多久，下雪了。这是多么漫长的冬天，对飞陆来讲多么无情啊！一切东西都被层层白雪覆盖着，好像是安息在一幅白色的布单下。什么香芹菜呀、白萝卜呀、胡萝卜呀、苜蓿呀，飞陆也只能在梦中见到它们了。

整整过了几个白天，他呆在灯心草丛中的窝里，感觉到自己的身子变得很虚弱。要是他能够一动不动安静地留在那里就太好了！但是饥饿迫使他离开。所以他只能一步步吃力地走到了丛林旁边，勉强啃些小洋槐树和小落叶松的树皮。

唉！这哪里说得上是一顿美餐呀！他记起离开那里不太远的地方，有些墨黑的小野李冰冻在树枝上。他跑到那里去，去把那些又酸又苦的果子凶猛地狂吃了一顿。

飞陆说："如果金莲在这里就好啦！"

他外出冒险了一阵子，很快地就回到了灯心草丛里。他在那儿直挺挺地躺着，头朝向南方，睡去了。

有时候，微弱的阳光会把他刺醒。白雪融化了一点儿。那时候，他就在田地里面跑着。那边还剩了几棵叶子变红了的卷心菜呢！嘿嘿！这到底要比树皮好吃得多了。

最后，雪完全融化了，这一下子可好了。到处是烂泥。飞陆注意到冬麦已经开始出芽，非常地惊奇。多么地幸福啊！他又在田地里面了，已经好久不翻筋斗了，所以他在那里高兴地翻了一个筋斗。

太阳和风渐渐地弄干了烂泥巴，草开始绿了起来，雏菊已经开了花，蜜蜂已经飞出了蜂巢。

飞陆在一棵野蔷薇下面休息，在阳光底下他不得不闭拢眼睛。

他自言自语道："我要到树林子里去看看！"

树林子里到处都是白色的松雪草。松鼠们在树枝上互相追逐，小鸟们在唱着歌。飞陆开始欢乐地跳跃着。

一阵微风吹起来，带给飞陆一阵熟悉的香味。他愣住了。接着他跳了几下，就与一只美丽的雌野兔迎面相遇了。

他们仔细地互相端详着，摇着头互相嗅着，竖起了耳朵。

忽然，飞陆快乐地兜起圈子。她是金莲，一点儿不错，她就是金莲！

飞陆欢叫道："金莲，是金莲！"

金莲低下头来，表明他没有认错。

"金莲！我能够再见到你，多么的幸福啊！你哪里晓得我如果没有了你，多么的可怜啊！"

"讲讲我自己吧，自从那一个可怕的早晨以后，我没有一天快乐过……你还记得吗？当我听见了那些枪声和狗叫声以后，我就像疯子一样地狂奔着，一直跑到晚上。当我停下来的时候，我发现自己来到了一个完全陌生的地方，但是那里倒也还安静，当时我还不敢回家。后来，冬天到了，白雪覆盖住了大地，我找不见自己的路了。唉！我孤孤单单的，多么的寂寞啊！"

飞陆忍不住问她道："现在，你将要在这里住下去吗？"

金莲回答说："现在，我将要在这里住下去了。"接着她轻轻地补上了一句，"和你在一块儿。"

这个回答让飞陆高兴得一连翻了十二个筋斗，他翻得挺快，挺好，挺欢乐，之前他从来都没有这样做过。

金莲看着他，说："好啦，飞陆，你现在还像一个小孩子，按你的年纪不能够再这样了。"

可是过了一会儿，聪明的金莲也开心得翻起了筋斗来，翻得比飞陆更加起劲，更加好看。于是他俩一块玩着，一直玩到了早晨。

当他俩听到云雀唱歌时，飞陆凑近金莲的耳朵说："金莲，我想要和你结婚。"

金莲含羞地问道："什么时候呢。"

"当苹果树开花时。"

苹果树已经开花了，树上美极了！

金莲和飞陆结婚的日子到来了。飞陆在一个田沟附近等候金莲。当他看到她时，他屏住呼吸欣赏着她的美丽。

一道阳光把草尖染成了金黄，新开的花儿散发出幽香，林间的小鸟歌唱着，一同庆祝金莲和飞陆的婚礼。

会走动的"大毛栗"

教堂里刚刚停下打晚祷的钟，在太阳落下的地方，晚霞显出金一堆红一堆。

阴影渐渐地移动到了菜园子里面，渐渐地移动到果实累累的树上、生菜上、肥大的卷心菜上、旱芹菜和胡萝卜的羽状的叶子上面。

各种花已经合拢了花瓣。黄莺的嘴藏在翅膀里面，在黄杨树的上面睡着了。

一条青虫停留在了苹果树的一根树枝上。草木上已经开始凝结起了露水。

阴影渐渐地暗淡下去了。银色的月光倾泻在了整个菜园子里面。所有在白天开的花，现在都睡觉了，都做起梦来了。所有在白天鸣叫、唱歌、攀登、飞翔、跳跃、爬行的动物，现在也都睡觉了，也都做起梦来了。现在，天空里和地面上是属于繁星和晚上出现的小动物的世界了。老蝙蝠韦佩在园子的上空静静地飞来飞去。他的一双翅膀是黑颜色的，他的头长得又小又丑。

一只鼩鼱从墙脚边上的洞里面探出她的尖鼻子来。"嘿！圆圆的一轮明月！这正是打猎的好时机啊！"这只生着长胡须的鼩鼱一边说着，一边走出了洞外，在周围东窜西窜，兜了三个圈子，跑到一边去了。她跑遍每一个僻静的角落，在园子里面昆虫集中的地方猎取食物。

一只灰黑颜色的飞蛾躲在一朵合拢了的百合花萼上面。一只鼹鼠走出他的地下宫殿，呼吸着新鲜空气。稍远的地方传来了癞蛤蟆像吹笛子一样的叫声。

可是，请看这里吧，你们之前可曾经看见过这么讨人喜欢的东西吗？五只刺猬娃娃，跟在妈妈的背后歪歪扭扭地走了过来。他们的身上长着光滑的刺儿，他们的小嘴撅起来，眼睛里流露出顽皮的神色。

我熟悉这些怪而有趣的小动物，我可以给你们介绍，这是妈妈和她的五个孩子们。刺猬妈妈的名字叫做刺刺，五个小娃娃的名字叫做针针、荆荆、钉钉、棘棘还有箭箭。每天晚上的时候，总可以看到他们在园子里面跨着快速的小步子，寻食，嬉戏，寻欢作乐。

单是看看他们就已经够有趣了。但是，假如你们够了解他们，那就还要更有趣得多呢。我是明白他们的话的，我小的时候就养过一只小刺猬，尽管他的身上有刺，但我还是常常地去抚摸他，所以，他就把刺猬的语言教给我了。这是一种十分难懂的语言，不过假如你们肯十二分用功地去学习，还是会懂的。

感谢我多年之前的小伙伴——小刺猬，因为他已经教给了我刺猬的语言，因此我现在能把这些十分有趣的小东西们所讲的话，翻译给你来听。

这一家子刺猬从小路上走过来啦。现在，请注意，大家十分安静地听吧。"妈妈，请不要走得那么快，我看到了一个东西。"这是箭箭在说话呢。他站住了，贪婪地看着一只鼻涕虫。那一只鼻涕虫也许正在做着梦，梦见了肥美的草和天气下雨哩。一眨眼间，他已被箭箭吞进小嘴里去了。这是很大的一只鼻涕虫，箭箭在咽下去的时候，喉咙被卡住了。

棘棘说："贪吃的家伙啊！快点吐出来吧，你的小嘴怎么能够咽下这么大的东西啊！"

箭箭说："不，不是的，我十分爱吃鼻涕虫，我经常要吃鼻涕虫。因为他们的味道十分鲜美啊！"

棘棘不再去理睬他。她伸出了她的尖嘴，去追赶一只蟋蟀。

这时，荆荆正咬着一只蚱蜢，钉钉和针针却在争抢着一条又黄又黑的毛毛虫。

针针气呼呼地说道："是我最先看到它的。"

他的妹妹回口说道："哼！你先看见的，可是我呢，是我先捉住它的！"

针针也生气了，幸好妈妈向他耳语了一句："宝宝，你到卷心菜田里面去找吧，那里毛毛虫多得很呢。"

妈妈又对钉钉高声地说道："宝宝，你去到生菜田里面去看看，那里会有好东西呢。"

于是，钉钉和针针一边唧唧咕咕的，一边走开去。他们一到了生菜田和卷心菜田里，立刻不响声了。那里不是一些普通的生菜圃和卷心菜圃，而是刺猬们的小乐园啊。他们可以闭上眼睛捉到很多青虫。他们尽可以收起小脚爪，不用去刨泥巴，好吃的食物就在他们的嘴边上。生菜田和卷心菜田是连在一起的，不一小会儿，钉钉和针针就面对面地碰上了。

钉钉和气地问道："你想吃青虫吗？"

"不要了，谢谢你，你真好！"

针针又说道："我们做一个游戏，好不好？"

"好啊！我们玩些什么呢？我们玩捉迷藏吗？"

"我们一起来玩'追刺'的游戏吧。"

"好啊。真好啊！"

"追刺"是一个古老的游戏，就是一只刺猬去追另外一只，追上了就拿刺去刺他，接着他自己又很快地逃跑，不让被刺的那只刺猬追上来刺他。哈！这真是有趣呢！

他们此刻正在一只水壶旁边追来追去，忽然看见了他们的爸爸，他们就跑过去，对他说道："爸爸晚上好！"

刺猬爸爸名字叫矛矛，他非常忙。他用爪子在地面上刨个不停，他还用嘴帮着刨。他嗅到了在泥土的下面有一条白毛虫，就一直使劲挖下去。任何一只刺猬，为了一条白毛虫都是会不惜刨坏他的脚爪子的。

矛矛抬起了他的头，看到两个孩子从小路上急促地跑来。在另外的一条路上，妈妈、箭箭、棘棘和荆荆也都同时赶来了。他们都是拖着沉重的步子走着，嗯，看起来他们已经吃得很饱了。

他重新低下了头，继续挖土。孩子们一动也不动，站在一边看爸爸刨土，佩服他的本事。在他的最后一刨中，把一只肥胖的白毛虫给挖出来了。他一本正经地吃着白毛虫。接着回过头看着他家里的人，说：

"你们打猎打得怎么样了？"

妈妈回答说："不坏，天下雨，把鼻涕虫都吸引出来了，箭箭他们吃得饱极了。针针吃了很多卷心菜上面的青虫，而钉钉也把生菜上面的害虫吃了有一大半。"

棘棘说："我在花房的那边，找到了一大群蜗牛。"

荆荆洋洋得意地说道："爸爸，你知道不？我刚才抓到一只蝼蛄呢！"

箭箭插嘴说道："咦！你在说谎，是妈妈帮你抓到的。"

"干得不错啊，孩子们。你们明天要干得更加好些。你们要清楚，作为一只刺猬，就有着消灭害虫的责任。毫无疑问的，谁都不能够说这个工作是不快乐的。"矛矛说罢，就津津有味地把剩下来的白毛虫全都吃掉了。

妈妈说："现在到了睡觉的时候了。"

爸爸说："你们回去吧，我就在这一堆木柴底下睡觉。家里面有了这么多的孩子，我挤在一块儿睡，连转一个身子也免不了要被刺扎。我们明天见吧。"

这个时候，太阳开始照进园子里面来了。

妈妈、钉钉、棘棘、针针、箭箭和荆荆，都向着园子深处稠密的醋栗树丛里走去，那里是他们的家。

花儿慢慢地开了，蝴蝶在空中飞舞，青虫又在苹果树的树枝上继续走动了。

这些刺猬们所住的园子，四周包围着矮墙，中间有一条小路，把园子划分成为两部分。菜田在右边，各种幼树和果树在左边。两棵老栗树竖立在大门的两旁，一边一棵。

这个园子，也跟其他的园子一样，是个变化无穷的地方。你撒了一大把种子在地上，几个星期之后，那些种子就会变成大白菜、胡萝卜、芹菜和生菜。差不多每一分钟都会出现一些新鲜的东西。大自然一挥舞它的魔棒：五个有斑点的蛋变成了五只小黄莺了，一个丑陋的小虫子变成了闪闪发光的金龟子了，一只青虫化身成为蝴蝶了。

每一天早晨，当晚上出来的小动物们都已经回去休息的时候，群鸟在树上尽力高歌的时候，园子的主人就走过来推门，门咿呀的一声开了。他的两个孩子都跟在他的后面，带着铁耙等工具，推着一辆小车，戴着顶大草帽，微笑着一起走到园子里。

孩子们，现在，一起开始工作吧。但是，要记住：如果园子里面的好动物们不来帮你们，那么，你们不管怎样努力掘土、锄地、浇水、翻泥，怎样去努力栽种大白菜、下种籽、修剪丫枝，都是一点儿用处也没有的，你们的努力都将是白费的。假如没有了他们，那么芽呀、根呀、果实呀、花呀、丫枝呀、叶子呀，一切东西都要被成群贪吃的白毛虫、青虫、各种幼虫以及其他飞的或爬的害虫所毁掉。幸好有那些好动物们日日夜夜地来替我们保卫园子。他们的保卫工作做得是很出色的。

鼹鼠，他在地底下不停地追捕园子里面的两种十分凶恶的强盗，就是蝼蛄与吃植物根的白毛虫。

另一种好动物是燕子，她在飞翔的时候一路拦食苍蝇、蝴蝶和蚊虫。她一整天飞来飞去的，要等到黄昏时候蝙蝠出来换班了，她才去休息呢。

还有夜莺、山雀、黄莺、知更雀和其他的鸣禽们，都全力以赴地保护着花草树木，去捕捉那些有害的白毛虫、青虫以及木虱等。还有灰蜥蜴们，他是篱笆和墙壁的保护者。还有，不要忘记园子里面成群的步行虫，那是一种十分勇敢的昆虫，他们在菜地里和小路上跑来跑去，吞食花潜虫、金甲虫和金龟子。

每天的晚上，当黑暗笼罩的时候，鼩鼱都出洞去跑到各处巡逻；癞蛤蟆到枯井的旁边放哨站岗；刺猬是这些好动物中十分重要的角色，他们都在担任着守卫田园的工作。

很多个白天和夜晚，像这样过去了。自从小刺猬的身子上面长出硬刺的时候起，那些植物都渐渐蓬勃起来了。在四月里，他们看到了香叶芹初生的叶子；在五月里他们看到芜菁生长出来；在六月里他们看见草莓成熟，这些草莓把整个园子弄得馥郁芬芳；到了七月，他们亲眼看着西红柿渐渐地变红；到了八月的时候，茄子也已经成熟，等人来采摘了。到了这个时候，那些小刺猬也不再是小娃娃了，他们都已经长大啦。

有一天晚上，荆荆第一个醒过来，他擦一擦眼睛，理了理身上的刺，独个儿走了出去。他喜欢独个儿探险和溜达。他在灌木丛里爬了一阵子，忽然好奇地停了下来。

"哦，这个是什么东西呢？墙壁上面有一个洞吗？的确是洞啊。"

他犹豫了一下，溜进洞里面，走到一片跟洞通连的田野里面。这时在他脑海里盘旋着探险的想法，他潜行着，探测了现场。除了见到几只蟋蟀之外，没有什么可以引起注意的。再向远处去呢。这样攀援而上倒挺有趣的！他快要到达树林的边缘时，哎呀！可不得了！有一条蝮蛇！那条蝮蛇正盘绕在荆荆的附近。蝮蛇抬起了扁平的头，把叉状的舌头伸出了嘴外，恶狠狠地发出咝咝咝的声儿。这个是荆荆生平第一次碰到的一条蛇，他的战斗激情被激起了。他立刻把全身的刺立了起来，压低了他的多刺儿的头，猛地向敌人扑过去。

咝咝咝，咝咝咝，蝮蛇在荆荆的嘴巴上咬了一口，荆荆舔一舔伤口，大喊一声，又扑上去作战了。

蝮蛇说道："咝咝咝，我的毒液是能毒死人的，我要取了你的命。"

蝮蛇说完之后，又用毒牙去咬荆荆的嘴巴。可是荆荆一点儿也不怕，因为他拥有一种天生的本能，这是他非常清楚的，所以说："怕什么！蛇的毒液，对我们刺猬是没用的。"

蝮蛇又对荆荆进攻……咔嚓咔嚓几声，蝮蛇的头颅被荆荆的尖牙咬烂了。

这一场恶战，让荆荆气喘吁吁。可是不过一会儿工夫，他脸上的紧张样子也渐渐地不见了，他的刺放平下去了，他的鼻子也伸出来了，他又恢复了平时的自信和和善的神气。他最后取得了胜利，洋洋得意地大嚼着蝮蛇的尸体。

然后，一直到中午的时候，他在树林里到处搜索，东张西望。在那里一切都安全，一切都平静。他嗅到的、看到的、听见的和吃到的，都是一些新鲜的东西，弄得他一点儿也不想睡觉了。毫无疑问，这儿真的是一个很有趣的地方。

不过，他突然想起了一件事儿，他的母亲刺刺，在孩子们每天睡觉之前，总要照例和他们拥抱一下的。

刺猬们拥抱起来其实会相互刺痛，真的会刺得很痛，但是这却是一种母爱的表达，所以又是非常甜蜜的。

荆荆想到这儿，就急急忙忙地离开树林子，向园子里面的家走去。

在树林边缘上，他又看到了新东西。在路边停着一辆青色的旅行车，车门口挂着不大干净的帘子。几个吉卜赛人团团地围坐在那儿的地上，一匹不太肥壮的马在沟里面吃草。

荆荆看见了非常吃惊，不晓得应该怎样行动，继续向前进呢，还是回到树林子里去？但是不等他想好主意，车子里面就发出了一声刺耳的叫声，吓得他赶快把身体缩成一个球儿。

那车子里的人喊到："荣希克，快去找一些木柴来。"

一个少年慢慢吞吞地站起来，懒洋洋地走着，好像不愿意走路的样子。

突然，那少年喊起来了："哎呦！哎呦！……"原来他那赤裸的脚那时正好踩到荆荆的带刺的背部。可是当他看见是刺猬的时候，马上快乐得把脚疼都忘记了。

他高声大叫："一只刺猬，一只刺猬，好美丽的东西，快来看哪！"

"荣希克，好极了，"那些吉卜赛人一边说着，一边急忙站起来。一个老婆婆也忙从车子里跑出来，仿佛担心他们不等她，就要把刺猬连骨带刺生吃掉似的。

她说："挺好的！挺好的！"接着她对一个小女孩说道："塔拉，快去拿一些粘土来。"

有人向她建议："将他放在铁钎上面烤，会快得多！"

老婆婆回答说："不，不了，把他涂上粘土烤，好吃得多啦。荣希克，快去捡些干柴来。"

荆荆不明白他们讲的话，可是他感觉到面临危险了。"我要一直缩成球形，总是像一个球，一个球。"他对自己反反复复说。

在欢笑声和叫喊声里；老婆婆双手拿着一个装满水的水壶欢快地走来了。她把壶里面的水，汩汩地泼在刺猬身上，事情就这样解决了。荆荆立即把身体放了开来。原来只要向刺猬身上倒一些水，他们就不可能再缩成一个球形了。

到了这时候，荆荆是没法招架了，任由一只棕色的大手抓住他，同时听见一个人大声地说："他只是一只小刺猬，身体倒还很肥壮呢。"

这时候，荆荆又用足了力气，把自己重新缩成一个球。老婆婆边咒骂边冷笑，把他扔进车里面。这时，几个汉子正在吹旺火，老婆婆跑过去点她的烟斗了。

荆荆发现自己单独在车厢里，就很小心地放开身子，从车门里看到碧绿的草地。他想，假使他能溜到草地上面去，多么好呀！他就缓缓地爬到门槛旁边。哎！远离地面太高了啊！

　　车门口有一架小楼梯，可以从这个上面走下去。但是小楼梯对于刺猬有什么用处呢？荆荆发现了一个可以到地上去的简易方法，他再一次把自己缩成一团，从梯子上一阶一阶地往下滚去。到了草地上面，他就背对着那些吉卜赛人拼命地逃走。当塔拉拿了黏土回来的时候，他已经躲在树林子中一堆树叶子下面了。那些吉卜赛人被激怒了，可是除了互相埋怨一阵，还能有什么办法呢！

　　看到天黑下来时，荆荆才走向园子，于是他长长地松了一口气，去寻找他的妈妈和姊妹、兄弟。他害怕自己会受到责骂，但是他们一点也没有怪他。妈妈刺刺刚抓到一只老鼠，心里很开心呢！小刺猬们呢，也都在到处寻找掉落下来的梨子和苹果。

　　秋天到了，棚架上的漂亮葡萄开始成熟了，青虫的蛹把它自己包围在丝囊里。

　　那七只刺猬，依旧照样在园子里放哨站岗。

　　夜却是那么那么的长，以致棘棘、箭箭、钉钉、针针和荆荆在拂晓之前就要去睡觉了。而且现在他们都各自有自己的一个窝了。棘棘睡在墙洞里面，钉钉睡在木柴堆里面。箭箭呢，他生性太懒了，不肯去找一个窝，总是随随便便的，有时睡在栗树根旁，有时睡在黄杨树下面。针针呢，他在离爸爸妈妈不太远的地方呢，自己建了一个舒适的小窝。而荆荆呢，他走到哪儿就睡在哪里，他认为不应该再留在从小就住惯的这个园子里面。好像有一种神秘的呼唤声在召唤着他到树林子里去。树叶的沙沙声还在他的耳朵里回响着，苔藓的湿气还留在他的鼻孔里，而且，他还牢牢记住和蝮蛇战斗的一幕，因此他常常走到墙洞那里去，向墙外面张望。

　　在他闲游的时候，他经常碰见针针、棘棘和别的刺猬们。现在，他们也已经长大了，都为自己能自立而感到骄傲。他们全都非常忙，在相遇的时候，他们出于礼貌的原因，只是相互亲亲嘴。

　　北风在园子里旋舞、呼啸，刺猬一家最后一次聚集在一棵大栗树下面。那棵栗树上面的大树叶在一张张缓缓地落下来。

　　矛矛爸爸和刺刺妈妈，再有针针、钉钉、箭箭以及其他刺猬，不断地收集着栗树的大叶子，放到了床上面去做被子、床垫和褥子。妈妈再次对孩子们叮嘱道：

"你们一定要盖得暖和些！你们还不晓得冬天是多么的冷。箭箭，你不要停下来看飞虫，你应该去捡叶子，赶快去捡叶子！别再这样懒惰，明天也许就太迟了。你不捡叶子，会冻死的。孩子们，你们一定别忘记在窝里建一个通气的小洞呀。"

这个时候，园丁的狗叫了起来。七只刺猬立刻缩起来，变成七个有刺儿的球，滚在落叶堆里，一动也不动。那株栗树从高处往下看着，喃喃地说道："好极了，今年的栗子长得是多么的大啊！"他说完之后，骄傲地抖动着他的树枝。

"祝你睡得很甜蜜！"

"祝你好好地过冬天！"

"下一个春天再见吧！"

七只刺猬相互话别。刺刺和矛矛朝醋栗树慢慢地走去。棘棘、箭箭、针针和钉钉回到他们各自的小窝里面。荆荆在墙洞前面停了好一会儿，然后下决定穿过洞去。

白天很寒冷，而且灰暗。天上不停地落下大雨点。刺猬们都在沉睡当中，听不到大雨的声音。黑夜和白天，无论降雹、下雨，无论下雪、吹风，他们总是睡着，睡着，一直睡着。

现在，夏天又到了。你们肯定想知道那个刺猬一家怎样了。

喏！据我所知，刺刺和矛矛依旧坚守在菜园子里和醋栗树下。他俩已经年纪大了，不想到远处去，并且，他们还热爱着自己的老家。针针也住在菜园子里面，不过在另一角。他心里想："在这，一伸手便可得到我所要的东西，为什么还要到别的地方去找呢？"并且，他还可以经常去探望他的父母。两只老刺猬看见他们的儿子已经长得很大了，心里面非常开心。

钉钉和棘棘都已出嫁，她们都十分心甘情愿地远离了老家，跟着各自的丈夫去安家落户。钉钉住在田野里，棘棘住在树林里。她们两个各自都有了很多孩子。

箭箭突然不见了，谁都不晓得他怎样了。

但是有一天，离开那条小溪不远，在鼻涕虫非常多的那条路上，我碰见一只肥胖的刺猬。他胖得趴在地上，都抬不起身子，走起路来非常费劲。我断定他就是箭箭。我生怕他被别人踏坏，把他抓起来，放到草里面去。他反而却恩将仇报，刺了我一下。

荆荆怎么样了？哦，荆荆就住在森林里面。他是个好样儿的，像一个坚强勇敢的骑士，又和好多蝮蛇进行过激烈的斗争。

如果你们碰到我所讲的刺猬，请你们保护好他们，不要让任何人抓住他们。向他们表明你们是刺猬的好朋友，也许刺猬们会告诉你们菜园里那些好动物们的一些新鲜故事呢。

一对相依为命的翡翠鸟

在两棵老枞树之间有一个泉眼，水从地下冒出来，流成一条小溪。咕嘟咕嘟，这小溪一边欢乐地叫着，一边汩汩汩地流淌着。一路上，它蹦蹦跳跳，打着旋涡，往山坡下面流去。

一块大石头横在小河前面，想阻拦它，说道："快些停下来吧，这里的生活很好啊！"

"我不能够停下来，就让我过去吧。"

心急的小河越过岩石，直流而下。这时候出现的是一个万马奔腾的场面；河流在这些岩洞中翻滚，翻越过那些石块和树根；一路上飞奔着，叫喊着，旋转着，最后到了平地上，已经累得喘不过气来。

小河一来到了平原上，就安静下来了，不再是一条湍急的小河了。现在它变做了一条美丽的小河，一路上唱着歌曲，缓慢地流着。它先流过树林，在草地里面弯弯曲曲地流淌过去，最后穿越过一座白颜色的小桥，我正在那儿等着它呢。

我说的那座小白桥建在一个荒野的小山谷里面，仿佛就像一个大脊梁。那小山谷里面长满了多刺的高大植物，苔藓簇簇的石头散布在各地。

这是一个漂亮的地方啊！在那里找不到人的沉重的脚步，只有一些浅浅的足印。

在烂泥路上有一长串儿脚印：四个一组，就像小扇子似的，原来这是青蛙在那儿跳过时留下的。

在沙地上面又有一长条儿非常平滑的丝带形状的痕迹：原来是一只水獭曾在这里经过，她一边走一边以尾巴扫去自己的足印；这带状的痕迹就是这个样子留下来的。

在一块露出水面的岩石上，有一个椭圆状的湿印子：原来是一只水老鼠曾在那里晒过太阳。

在一棵蕨的叶子上面，有一根小羽毛，亮晶晶的好像蓝宝石。哈哈！原来是翡翠鸟丢失的首饰呢！

我沿着小河走过去，开始这次探险的采访。我竖起耳朵，瞪大眼睛，轻轻地向前行进，尽量隐藏着我自己，以免惊动岸上和水里的小小世界。

在山谷入口的地方，瀑布下面，是一个石头洼儿，河水经过那里的时候，先在那里汹涌一阵，再打一阵子旋涡，然后继续赶它的路。那里是嘉鱼聚会的好地方。她们一动不动地漂在两边的水滩旁边，好像在那儿安静地睡着。哈哈！她们是在等待机会呢，一旦看到了什么东西跳动着过来或者游过来，她们就马上投身上去，仿佛童话里面吃小孩的巨人似的要吞掉它们。

再过去，小河在一个狭小的地方流过。被堵塞的河水互相挤撞，在岩石上发出轰轰的声音。它又在那里泛滥开来，无声无息地流淌到一块毯子一样的水草地上去，再也听不见它的声音。生长在小河两边的那些薄荷，味道非常清香！

河水流淌到灯心草丛里面，那儿是青蛙们的世界。

再过去就是沼泽地带了。在芦苇丛里藏匿着一只圆篮子一样的东西，是一个窠。那窠是以菖蒲叶编做的，里面有十来个蛋。谁产的蛋呀？是生的。听啊，她在对岸呼唤着：

"得儿，得儿！"

这个小河又打着转，忽儿西又忽儿东地弯弯曲曲地流过去，它仿佛要向沿路的垂柳问好的样子。

一路上，那些石卵、枯树枝和红树根挡着了它的去路，它就在它们的上面玩着跳浜游戏。

小河里的龙虾十分喜欢石卵、枯树枝和红树根，因为这些东西是她们最安全的隐藏物。

那些龙虾们在凹凸不平的小河的河床里面笨拙地爬行着，我趴在地上，以便将她们看个仔细。也许她们看见我了，或者听见我了，她们全都立刻倒着游，甩动着尾部，一下子就钻进洞里去了。在她们游过的地方还留下了一个个泥沙的小旋涡。

　　岸边有一棵橡树，树上有一个洞，洞里面住着一家猫头鹰。那橡树的一根瘦树枝还伸出到水面上。

　　在这个小岛上面还有两株白杨，它们的叶子总是在颤抖。那里是强盗的老巢，有两只水獭把它当成晚上打劫的中心地点。她们就是在那里捕猎麻痹的鱼。

　　河水在流到小白桥之前，先要盘绕过一个长着金雀花的一个小小的悬崖。那儿经常有几只秧鸡，从这一丛金雀花飞跳到那一丛金雀花里。

　　过了小白桥之后，小河里面的水又弯弯曲曲地打着旋儿流去。它一路上唱着甜蜜的歌曲，一直流到磨坊的前面。我每走一步，就可以听见一种叫声，看见一种小动物，有时候甚至还可以嗅到一种花香。我接二连三地发现那些新鲜的东西，都令我十分的惊奇。

　　这个地方是我的领地，或者不如这么说，这地方曾是我的领土，后来因为一只鸟把我赶走了，就不是了。

　　事情发生在一个春天的清晨，我初次看到小鳗鲡向小河的上流游去，惊奇得说不出话来。你晓得这些玻璃一般透明的、手指一般长的小鳗鲡所做的惊人的冒险吗？

　　她们是从美国海岸边上迁移来的。她们沿着海洋的水流，横渡广阔的大西洋。这次旅行，用了她们三年的工夫呢！她们抵达了欧洲海岸，她们的伟大的旅行还没有结束呢！她们还向法国的河、江、小溪逆流而上，假如生存下来，就在这些淡水里生长。八年之后，她们变成绿褐色的大鳗鲡。到那个时候，她们就从河、江、小溪里顺流而下，重回到她们出生的暖海里面去。

　　我被这奇妙的景色迷住了。这个时候，一阵阵扑翅声，一道蓝色的闪光，打断了我的沉思。我又不禁地发出一声新的惊叹：一只翡翠鸟第一次闯到了我的山谷里面来啦。

　　这一只比丝绸还要亮、比蓝天还要蓝的鸟，是从哪儿来的呢？我从来都没有看到过啊。在这小河的歌声引诱他到这里来之前，他一定已经在其他的地方流浪了很久很久啦。

　　他一定以为我的山谷是世界上最荒芜、最安静、最美丽的山谷。他甚至连一个招呼都不打，就直接住在我的山谷里面了。

　　他就像一枝箭似的快速地掠过水面以及磨坊，飞到瀑布那边，又从瀑布那边飞到磨坊，一路飞行，同时一路发出挑战的叫声：

　　"这里是我的捕鱼场！这是我的领土！我是这里的主人！"

　　住在磨坊周围的那些和赤颈凫都知道，所有住在那里的游禽类和涉禽类动物也都知道，他们应该搬家了，别等到翡翠鸟用嘴来驱赶他们。

　　这只翡翠鸟，我替他取名字叫翡翡，他来到这儿后，精心的布置了一下，就去挑选他的捕鱼场了。

　　他找到一根榧树的树枝，他躺上去正好让树枝弯到水面上。他躲在树枝上可以看清水里的（鱼句）鱼的动作。一条（鱼句）鱼游过来了，经过他的射程内时，翡翡马上收好展开的翅膀，头突向前面，扑通的一声，钻入水去，大嘴对准了（鱼句）鱼一啄，（鱼句）鱼还来不及弄明白，已经到了他的嘴里面。

　　翡翡又发现了一棵空心的橡树，它的上面一根枯丫枝是捕捉欧鲌的一个非常好的地方，他又发现了瀑布旁边的石头，是抓捕小嘉鱼的好地方。

　　翡翡栖息在平滑似镜的水上面，探出了头来，一动不动地窥伺着这些无忧无虑的小鱼们。

　　翡翡比我高明，而且他比我要高明得多，他知道各类鱼的习性，鲃鱼经常拖着胡须，懒洋洋地在宁静的河底上面游。银白鱼恰巧相反，他们很不安分，无论什么地方，只要发现蚊子或者是苍蝇，他们的嘴巴就露出水面去抓捕。翡翡还知道鲤鱼喜欢静水，他们在那儿拍搭拍搭地跳到水面上；小鲤鱼爱在泥泞的地方找小虫子；梭鱼是住在由流水冲成的石洞周围；翡翡知道绕路过去，以免经过梭鱼的领土。

　　小心的翡翡决不去攻击身体上有锐刺的丑鲇鱼，也不去攻击像针球一样的丝鱼。我了解到丝鱼是唯一会替小鱼做窠的鱼儿。翡翡是抓鱼的能手，他知道鲦鱼喜欢在急流中的石子中间游来游去，他就去那里去捕捉。他还知道靠近河岸的浅水里有成群结队的小鱼儿游着，那里的水比别的地方暖和，并且水位比其他处低。小鱼们在那儿可以躲避鲈鱼——黄黑眼珠红鳍的"雌老虎"——的攻击。

　　自从翡翡来我的山谷里之后，我只有一个希望：暗地里观察这个神秘的小家伙。可是，只有水有权利晓得他的种种秘密，欣赏他的美丽。然而，在很留神的情况之下，有时我也能够瞧见他呆在一根枯树枝上，我了解他的一切捕鱼场地。可是他的窠在哪个地方呢？

连绵的春雨把小河灌满了，河水开始清澈了。所有东西都在唱歌。青蛙刺耳地叫着。这是鱼们排卵的时候啊。鱼妈妈们在河里的石头上和水草上摩擦着，留下成百上千的小卵。她们在平时是很小心的，可是在这个时候，她们就不很谨慎了。人们可以随便伸出手去捕捉她们，她们竟会一点儿也不想逃走。幸好国家有明文规定禁止人们在这个时候捕鱼。可是这样一来，反而变做了翡翠鸟的丰收季节。

当然啦，许许多多的鱼卵要被大大小小的鱼吃掉，要被水里的小虫儿吃掉。可是剩下那很多没有被凶暴的食客吃掉的鱼卵，却变成了小鱼，极小的小鱼，就像我们所用的逗号那么的小。不多时，非常滋养的河水将他们变成鱼秧，有半根火柴那么长；在这时，他们又要被河里的食客吃掉很多。

自然了，翡翠要找他的早餐是很容易的。我蹲在蕨里面看着。一只鹡鸰在石头上跳来跳去，"必利必利"地喊着。我注视着聚集在一块儿的蝌蚪，他们生得真好笑，全身只有一个头及一条尾巴……但是将来竟然会变成美丽的青蛙呢！

一阵轻轻的爪子抓爬声使我抬起头来，我从柳树之间看过去，看见翡翠在悬崖的峭壁上，以爪子稳定了身体，把大嘴一下子一下子地敲着，仿佛要在峭壁上挖一个洞。真的是这样吗？我没弄错。在那里不只一只，我从榛树的抖动着的帷幕后面，看见那儿有两只翡翠鸟。

我不由地惊叫了一声"啊！"美景马上被我破坏了。两枝蓝箭射到了叶丛里。不过不要紧，现在我已经知道这只雄翡翠鸟找到了一只雌翡翠鸟，他俩一块儿在造窠呐。

真是太奇怪了，这只蓝翅膀的鸟不在树顶上面造窠，却要在地面下挖洞做窠。

翡翠艰苦地做了三个星期的活儿，笃笃笃，他的长嘴巴击着泥土。他挖着挖着，那个雌翡翠鸟（我替她取名叫翠翠）把他所挖出来的东西——树根、石子、泥土等衔到别地去。那个洞渐渐地变做了一条通道，一条三尺长的通道。翡翡更加干得欢了。现在他正在挖一个小卧室。翠翠常常钻到里边去，注视着翡翡的每一个动作，不耐烦地喊着：

"叽克！叽克！"

她在他的周围顿着脚。她想唱，她想飞。一小会儿，她恢复了镇静，拿起一块儿大石头，搬出去。最后，房间挖好了，又清洁又漂亮，充满着新泥土的香味。可是，里面还缺少一些东西。

"叽克，叽克，叽……衣……克！叽克，"翠翠向翡翡一再地提出要求，说个不停。

"叽衣克。"翡翡回应说。

之后，他俩就一起又飞了出去。哦，翠翠的房间里面还需要一些鱼骨头呢。过不久，小娃娃就快出世了。给翡翠鸟小娃娃睡的床，再也没有比一个铺着细鱼骨头的摇篮更舒服的东西了。

我现在常常看到他俩——简直可以说是一双同型的箭——永远不分开，形影不离。他俩飞行、睡觉和捉鱼，都紧依在一块儿。他俩躲在两枝贴近的树枝上，头向河面伸去，耐心地，一动不动等候抓鱼。有时候，扑通一声，水面分开之后又合上，原来是翡翡抓住了一条小小的银白鱼。他用劲振动翅膀，回到了水面之上。水珠儿在他的羽毛上闪耀着。他抖动着，似乎身子太小，水珠儿太重，承受不下的样子。他又躲到树枝上等候着。翠翠也扑通的一声，钻进水里面，带回一条金欧鲌来。

他俩整天从这块岩石飞到那块石头，从榆树飞到榛树，从窠里来到河边上，是去抓鱼吗？当然是的。但是，除此之外，我觉得他俩还因为喜欢那倒映着天空的那条小河、小河旁的幽洞、它的瀑布、光亮的镜子和沙岸。同时，还因为他俩在一起的时候感到幸福，所以经常同出同归。

当太阳和山谷告别的时候，翠翠和翡翡回到了窠里，于是，小河又进入了夜晚的生活。

"咯咯咯，咯咯咯！"一个青蛙在招呼她的姐妹们。

"咯咯，咯咯咯！咯咯，"她们齐声答应，这是一种抑郁而冗长的曲调。

月亮照耀着，她的光辉吸引一只老龙虾钻出了洞来。嘿！她真老啊，她曾换过四十五次壳，这也就是说，她已经活了四十五年。她的两只眼突出，两只螯伸在头之前，慢慢地游动。突然，好像被什么东西所刺激，她以八只脚划着。一股腐烂的气味引得她垂涎欲滴。她越划越快，一直游到一只吊死在一根树枝上的青蛙身边。老龙虾就完成了她清扫小河的任务。这个时候，从附近的洞穴里钻出了其他的龙虾，一起来分享这顿意想不到的盛宴。

在这洁白的月光下发生了一些奇特的事情。一条鳗鲡溜出了小河，去拜访邻近的泥沼。她爬过湿润的草地，就像在水里游似的那样快。一小会儿，只看见在灌木中留下了一道亮晶晶的痕迹。

小河里面出现了水圈儿，水面上漂起水泡，渐渐地，露出了一个圆圆的头颅。这是一个顽皮的可爱的头。那家伙张开嘴，露出尖利的白牙齿，仿佛在微笑。那家伙胡须完全被浸湿，耳朵竖直，鼻孔张开，嗅了三嗅，又沉到水里去了；这些动作只用了三秒钟的时间。也许有人会问：这是一个活的东西，还是被圆圆的月亮吸引出来的神仙故事里面的一个角色？

原来这是一只水獭，是晚上出没在小河里面的残忍成性的女魔头。

河水歌唱着，流动着。每当"扑通，扑噬！"一条鱼跃出水面去捕食一只飞蛾，或者一只水老鼠钻进水里去的时候，小河的美妙的歌声，就这样被打断了。

太白星暗下去了，黎明就来了。

翡翠鸟又开始出现了，又重新占据了小河。

我对水老鼠非常感兴趣。即便我停留在那里的时间并不是太长久，但是我也会见到他钻出洞来，扑通的一声，他吃惊的小面孔就露出来在水面上。他把脚当作桨，把尾巴当作橹，这样子摇着划着，进行活动，一路上他抬起头，免得他那漂亮的胡须弄湿。他游了一小会儿，就回到家中，把身上的毛一根一根地认真梳理好。接着，他又游过小河，去找一些干草来翻新自己的床，他再到对面的灯心草丛里去寻找些食物。

哦！发生了什么事呀？今天，翡翡为什么独个儿出来捉鱼呢？他抓到了鱼自己不吃，咬着鱼飞回窠里去。嘿！我想到了！翠翠在孵卵啦。她在她的白色的小蛋上面孵着，一刻也不肯离开。

外面有太阳照耀着，河水汩汩地淌着，让她在黑暗里总是伏在一个地方，该是非常累的啊！

可是她并不埋怨，因为有可爱的翡翠来照顾她。翡翠说不上是因为什么事情，总是忙着回来看她。他回来的时候，在他的大嘴里总是衔着一个好吃的东西——银白鱼、（鱼句）鱼、蜻蜓或小嘉鱼……送到她的嘴里面去。

"叽克！叽……克，"翡翠一回到洞口，老是这样叫着，表明他已经回来了，好让翠翠安心。

她就很快乐地回答说："叽克，叽克，叽克！……"意思就是说："我非常幸福。"于是，他俩就分吃着鱼，一边谈着很多有趣的事情，一边相互爱抚着。

"叽……克，叽克！"

"叽克！叽……克！叽克！"

"叽……克，叽……克！"

他俩说了一会儿，翡翠又出去抓鱼了，不久就提了鱼回来，在家里稍稍停留了一下，然后又出去了。之后不久又捉到了鱼回来，这样去去来来，一直忙碌到了天黑。

这样慢慢经过了十五天……第十六天，翡翠不抓鱼了，从磨坊到瀑布，只见他忙碌地来回飞着。他从来没有飞得这样勤奋。他在小白桥底下穿过来穿过去，从河的那岸飞到这岸，在这里抓一只蜻蜓，在那里捉到一只苍蝇……

他要苍蝇和蜻蜓干吗呀？哦，原来翡翠鸟小娃娃已经孵出来了。对啦！这时候，还不能喂鱼给他们吃，所以要准备一些蜻蜓、蚊虫和苍蝇……翡翠甚至把这些小虫子的翅膀都摘掉了，生怕会堵了娃娃们的喉咙。

八只翡翠鸟娃娃睡在铺着细鱼骨头的摇篮里，闻着鱼的香味。他们在地底下过着初期的生活，像小虫那样爬行着。他们的模样很丑陋，满身长着一根根的黑刺似的羽毛。但是不久，他们将要跑出黑暗的窠，他们将听听小河的歌声，见见太阳光。他们黑刺似的难看的毛也将变成灿烂的羽毛了。当他们会飞行和捕鱼时，他们将远离父母，自由自在地生活在较他们的毛色稍淡一些的河水和天空之间。

在夏天的强烈的太阳光底下，还发生了种种更加令人惊讶的改变呢！

在小河底上，水十分浑浊，成千上万条难看的小虫子在泥浆里蠕动。这些可怜的小虫子在那里已经生长了一千天。在泥泞中过了一千天！现在，第一千零一天来到了。从早晨开始，这些小虫就十分兴奋，来来往往地运动着，仿佛要去传递什么重要的消息。太阳缓缓地从天空里沉下去了，忽然，这些小虫（也许他们听见了什么神秘的呼叫声吧？）一下子整群地漂到了水面上，藏匿在芦苇丛里。它们贪婪地呼吸，昏睡似的停留在这里。它们的扁平的身体慢慢地胀起来了，膨胀起来了……它们的脆弱的皮破裂了，落进了水里。于是，从芦苇丛里面，飞起一大群的蜉蝣，比一阵轻风还轻飘。

他们跳着舞，鼓动着透明的翅膀。他们不停地升上来又降下去，再升上来，仿佛在表演着美丽的芭蕾舞。

他们等待这个快乐的时刻，已经等待了一千天啦！

太阳落下去了。蜉蝣再次飞上天空里去。然后，他们就摔了下来死了。小河里落满了透明的小翅膀，成千只的鱼，张开他们的嘴巴，急急忙忙地去吃掉这批从天空里落下来的意外的美味。

河水歌唱着，流动着，蜉蝣的痕迹一点儿都看不出来……不对！还有成千上万个小卵呢。在他们临死之前，早已在小河里面生下了那些小卵啦。

那些小卵落到了泥泞的河床上。在明年的春天，它们就会变做幼虫，这些幼虫要在下面耐心地等待一千天，直至听见那个神秘的呼叫声，才上升到天空里去。

生命就是这样在变化。在小河两岸的一切的植物和动物，都是这样子地起着变化的。

叶片变成黄色了，河水更凉了。冬天来了。紧接着，春天把冬天赶走了，季节一个接着一个地来到，光阴就是这样过去的。但是翠翠和翡翡却总是在那里。他俩形影相随的蓝色影子经常倒映在小河的镜子里，这就是他们俩的生活。

自从我第一次看到他们，多少水曾从这座小白桥底下流过了啊。

自他俩入侵我的山谷以来，已经有了六个年头了。他俩相互关心，分享着苦难和快乐，永远相爱，就像新婚时一样。

秋雨经常来干扰小河，使他俩抓不成鱼，他们就挨饿了。有的时候，翡翡偶尔找到了一点儿食物，首先要送给翠翠吃。

有很多时候，寒冷的天气把小河冰冻了。他俩就拿嘴去啄开了冰，在冰下抓鱼。可是有两次，河水兜底儿冰冻了。于是，他俩只能去寻找一个比较暖和一些的地方。但是当天气转暖时，他们又回到了我的山谷里面来了。每年的春天，他俩要养育一窠翡翠鸟娃娃等，到秋天，翡翠鸟娃娃已经长大了，就飞走离开了。

有一天，哎！翡翡生病了！

这是秋季里面一个有雾的日子。我忧郁地看着那些黄色的叶片被流水带走，这当儿，传来一声哀啼，把我吓了一跳。

"赛侬，赛侬!"

翡翡在那里，他正栖息在一根低垂的丫枝上，距我不过几步远。

"赛侬，赛侬!"

他在发出垂危的哀啼。他的羽毛没有光彩，他的眼睛失神了。翠翠咬来几条好吃的小欧鲌给他吃。毕克，毕克，翡翡艰难地向他们咬了一下，又哀啼起来：

"赛侬，赛侬!"

好可怜的翠翠啊！她不晓得怎样是好。她凑近他身边，用自己的嘴将鱼撕碎，拿很小的一块鱼喂到翡翡的嘴里面去。

"赛侬，赛侬!"

这个样子过了三天，翡翡费尽力气想栖息在树枝上，但是他已经站不起了。翠翠紧紧地扶着他，扑动着翅膀，发出了细微的呜咽。她缓缓地慢慢地抬起翡翡的身体，向他肚子底下一钻，成功地将他背在背上。她背着沉重的亲爱的翡翡飞下丫枝，蹒跚地慢走着，做着短距离的飞行，摔了跤，又爬起来，最后，消失在了垂柳里。

"赛侬，赛侬!"

一天的早晨，我发现翡翡躺倒在了小河旁的地上，一动也不动。我伤心地看着他。他的蓝宝石似的翅膀，永远也不会再展开来了。我在小河旁边挖了一个小坑，在里面盖上一层草屑，盖上一片蕨叶，轻轻地拿起翡翡来，把他放进坑里面，盖上了泥土。

几天之后，我又听见那个凄惨的啼声："赛侬，赛侬！"

我没有看到过，可是我知道这是她在哭泣，是啊，的确是她。

翡翠鸟们是这么的相爱，这么的忠诚，假使一只死了，另一只配偶也就要活不长了。他或者她就过着孤单的生活，不飞也不吃，一直到心脏停止跳动。

翠翠就是这个样子的，因此我晓得哭泣的是她。

四五天里面，我总是听见"赛侬，赛侬！……"的啼声。这以后，就不再听见了。

于是，我又寻找起来，到处去寻找，在老柳树周围，在灯心草里，在磨坊附近，在蕨里，在榛树下，我都好好找过了，最后我终于在一块峭壁的脚下发现了翠翠的蓝颜色的小身体。我就把她埋在几天前挖的那个坑里。我想：把她埋在小河旁边，埋在翡翡的身边，没有比那更合适不过的了。

下一年的春天，我又来到小白桥的旁边。从很远的地方，我望见一大片镜子一般的河水。多么的奇怪啊！整个山谷里面泛滥着水，原来这条小河里面的水跃到了岸上来啦。

这小河从来也没有这样欢乐过！它从来也没有跑得这样快过！整个水里面倒映着天空的影子。人们还认为春天的白云在原野里面散步，灰色的柳絮悬挂在柳条之上，金黄色的蓓蕾到处都闪烁着呢。

在这派欣欣向荣的新气象里面，我想起了那一对翡翠鸟，心里十分不好受。忽然，传来了一个弗弗弗的声音，两双天蓝色的翅膀在桥底下面的水面上闪电般地掠了过去。原来是两只耀眼的蓝色的翡翠鸟儿，他们飞了一会儿，一起栖息在一根树枝上。这一对翡翠鸟也许就是翠翠和翡翡的孩子，他们回到小河旁边的老家来了吧？我不能确定。我不熟悉他们。但是我感到幸福，因为在那儿重新有了生机。

小河流入大江里面，大江呢，流入大海里面去。但是在这条小河里面，水是永远不会缺少的。

去年夏天的蜉蝣，早已经死了。另外一群经历过了一千天的幼虫，长着透明的翅膀，又将要从芦苇丛里升起来。这些蜉蝣，又将要在蔚蓝的天底下跳舞，过他们快乐的一天。

翠翠和翡翡长眠在地底下，他们曾度过了愉快的一生。现在，有两只新的翡翠鸟又将要在这儿生活下去了。

忽忽忽！他们一直飞到磨坊那边去。

弗弗弗！他们一直飞到瀑布那边去。

在这春天的白昼里，一片的蓝色：水、天和那四只比天空的颜色还蓝的翅膀。

小河里的水歌唱着，流动着！

野鸭一家

野鸭娃娃出世了

嘎！嘎！嘎！

野鸭妈妈名字叫羽羽，她的窠做在了芦苇丛中。她最近在窠的深处下了八个鸭蛋，慈爱地看着它们。这些蛋被四月份的阳光照着，亮光光的仿佛八颗暗绿色的大珍珠。天哪！它们多么美丽啊！

羽羽想起来了，她刚开始孵卵的那天的晚上，正好是月圆之夜。自从那天开始，月亮已经变换了四次相貌。这天的晚上，月亮又圆圆地出现在了池塘的上空。羽羽心里有数了，她的小娃娃就快要破壳钻出来了。她趴在这些心爱的蛋上面，张开翅膀遮蔽着它们，不让它们受冻。她心里美滋滋的，轻轻地喊了几声嘎嘎嘎，就熟睡了。

天刚亮的时候，羽羽觉得有些东西在她身子下面蠕动，有什么东西在挠她的痒。她赶忙站起身来，看见了些什么呀？八张黄黄的小嘴巴，八对黑黑的小眼睛，原来这是八只野鸭娃娃在那里动，在啾啾地叫着。那最小的一只，尾部还残留着一块蛋壳。他叫得最响了。

羽羽快乐极了，叫喊道："费克，费克。"

野鸭娃娃们以尖细的声音答应她："费克，费克。"

八个娃娃，可占地方啦！一只大窠忽然显得太小了。他们动动翅膀，挤来挤去的，啾啾地叫着，想方设法要从窠里走出去。

野鸭妈妈心里想到："它们多么淘气啊！满身都还只是胎毛呐，竟然就开始乱闯了。"

她爱抚着小淘气们，认真地说着："你们应该整天呆在窠里，暖暖身子。"

第一个白天在他们看起来，长得就像没有尽头的样子似的。太阳最终落下去了，夜晚来了，整窠的小野鸭们在妈妈的翅膀底下睡去了。但是其中一只幼小的野鸭子还不时发出微小的叫声。羽羽睡得可安稳了，她做着梦，梦见了巨大的青蛙以及树那样粗的水芹菜根。

出　窠

第二天早上的时候，羽羽就被娃娃们的叫声给吵醒了。她庄严地走出了窠外，小娃娃们都急急忙忙地跟随着她。

羽羽说道："费克，费克。别走远，跟着我！"

她摇摇摆摆地走在最前面，八只幼小的野鸭子啪嗒啪嗒地跟在她后面，在泥浆里面行走。

羽羽领着他们向着一个小池塘走去。那小池塘的周围有一圈浓密的芦苇，挡着了风，并且隔着大池塘。

他们还没有离开沼泽地，已经在高声喊叫了：

"太儿，太儿，太儿！妈妈羽羽生了娃娃了。太儿，太儿，她生了八个娃娃啦！"

（番鸟）拉伸长脚，起劲地跑来跑去。她又在水里面游一会儿，在空中飞行一会儿，到池塘各地去报道这个重要的新闻。

羽羽得意地抬起了头看着。她的小队伍已经走近了小池塘的旁边。小娃娃们等不及妈妈下命令，都已经下水了。他们还是在昨天刚出世的呢，可是已经学会游泳，已经学会潜游了，就像开天辟地的时候他们就生活在池塘里面。他们在水里比在陆地上自得得多的多，真的是这样！在地面上的时候，他们走起路来拖拖沓沓的，走得不快，会毫无原因地摔跤……可是到了水里面呢，瞧吧，只要把脚朝后面一划，嗬！身体就轻巧地向前滑去了！……假如把头浸在水里面，就能发现很多奇奇怪怪的东西：绿颜色的水生植物、各种小鱼、一堆堆小卵……每当把头钻进水里，就可以抓到一些好吃的东西。那些幼小的野鸭子们有的潜游着，有的游着，有的向四处散开，扑着水。

"太儿，太儿！羽羽妈妈生了娃娃啦！"（番鸟）的叫喊声还从远处隐隐约约地传过来。

介　绍

"羽羽要为她的娃娃们取名字了！"的叫喊声惊动了全池塘的居民们。

青蛙们在泥泞的水里哭着说："咯咯咯，咯咯咯，我们要倒霉啦！我们要倒霉啦！再也没有像野鸭那样贪馋的家伙了！咯咯咯，咯咯咯……"

小鱼呢，他们并没有哭泣。他们只摇着鳍和尾巴，赶紧逃走，远远地躲开即将来到的大灾难。

大池塘里面的各种飞禽呢，却正好相反，琵嘴鸭呀，雁呀，秧鸡呀，鹭呀，野鸭妈妈们呀，他们听到了这个好消息，都十分喜悦。所有的野鸭妈妈们，有的已经给孩子们取过了名字，有的还在耐心地孵蛋呐。

他们听见了鹬的叫喊，全都三三两两地赶到小池塘里面来了。

秧鸡第一个赶来祝贺这一窝野鸭娃娃。他提心吊胆地将头钻到芦苇丛中，说：

"克里，哑堪，克里！你们好啊，你们好。我没有时间再多耽搁……"

这时，传过来了一种用翅膀拍击水的声音，使野鸭娃娃转移了注意力。原来是一只角刚刚降落在小池塘里面。他科尼、科尼、科尼地叫喊着，向野鸭一家庄严地游过来。野鸭娃娃们的眼睛里只有他的胡须和角毛。不用说，他是这个水乡里的大人物。

现在，琵嘴鸭叔叔也过来了，他瓮里瓮气地说："托克，托克，沃阿，沃阿。"

另一位赤颈凫叔叔也游过来了，他一边摇摆着他那火黄色的美丽的头，一边叫喊着："维浮，维浮……"

紧接着，大雁也来到了。她一到，大家就都散开了。

"费克，费克，小娃娃们，快点来欢迎你们的姨婆婆吧。"羽羽说。

野鸭娃娃们都很有礼貌地说："费克，费克。"

雁婆婆答应说："塔脱，塔脱，塔……脱。"

她来不及说其他的话，从天空里飞过来一只美丽的鸟儿，正好停在羽羽的旁边。他的羽毛五颜六色，颜色多得野鸭娃娃们都没办法数清楚。这只怪鸟较他们的妈妈稍大一些。他的嘴、风度、眼睛都像他们的妈妈，只不过他的头颈是耀眼的绿颜色。真奇怪……仿佛这是个假扮的妈妈！

羽羽说道："费克，费克，这个就是你们的爸爸啊……"

题 名 字

野鸭娃娃们惊住了。隔了一小会儿，他们之中最有胆量的一只，突然快乐地叫着"费克，费克"。其他的野鸭娃娃也学着他叫喊了起来。于是，这八只幼小的野鸭子在他们的爸爸那绿脖子的四周叫着，潜游着，游着。绿脖子让他们别吵闹，他说："嘎嘎……你们要乖一些……现在都听我说……"

绿脖子话还没说完，掉转头去对那些聚在小池塘里面的飞禽们说：

"这些都是我的孩子们。他们才会站立，但是没有谁教他们，他们已经会潜游，游泳，嘎嘎的叫了。你们只凭了这些，就可以看出来他们不愧是绿脖子的下一代呐。"

琵嘴鸭叔叔同意地说："沃阿，沃阿，托克……是啊，是啊，这些真的是地地道道的野鸭娃娃。"

赤颈凫叔叔也发表了他的意见："维浮，维浮，他们是有蹼种族里的光荣。"

绿脖子爸爸又说道："你们同意这样子说吗，在他们幼小的时候，这个'林池'让他们使用？"

"克里，克里，哑堪！""塔脱，塔……脱！""科尼！科尼！""沃阿，沃阿，托克！""我们同意，我们非常同意！""维浮，维浮！"

只有骨顶鸡站在岸边上，喃喃地在那里说："他们如果留在寠里，那就会少麻烦了，弗里兹，弗里兹……。可是，他们不要打算到我的地盘来游泳，因为他们一定会自讨苦吃的。"

幸亏鹤讲话很响，把她堂妹的凶恶的喃喃声遮盖住了。"得儿，得儿，小'林池'理应是属于他们的。"

绿脖子又说："现在应该给他们取名字了。"

"塔脱塔……脱塔脱，这一只叫做'潜潜'，因为他非常善于潜泳。"

"沃阿，沃阿，沃阿，这一只叫做'喧喧'，那一只叫做'噪噪'，因为他俩很会说话。"

"维浮。维浮，这一只名字叫做'馋馋'。"

羽羽为其余四个娃娃也亲自取了名字：雏雏、泳泳、贝壳和飞箭。贝壳是最小的那一个娃娃。

绿脖子又说道："嘎，嘎，嘎……喧喧、潜潜、馋馋、噪噪、雏雏、泳泳、贝壳、飞箭，孩子们，以后再见了。——你们要在各方面都听妈妈的话，因为我实在没工夫来管教你们。"

他说完之后，便飞走了。

游览小池塘

第二天，野鸭子一家一起床，就到水里面去了。

"费克，费克，孩子们，你们老实一些，好好地跟紧我。我们要在小池塘里面兜兜圈子。潜潜和泳泳，你们赶快游啊。飞箭，把脚向后划。雏雏，把头抬起来。噪噪，别再多说话。

"我们顺着小池塘的边沿儿游。现在我们顺着这排灯心草丛游。这排灯心草丛将大池塘隔离了开来。遇到危险的时候，那排灯心草丛是藏身的好地方。现在我们来训练一下，当我喊着'拉埃托克，拉埃布'时，你们就藏起来。你们一定要听我的话，而且要好好记住我说的话！

"我们已游到睡莲湾了。这儿是一个安静的地儿，你们长大之后，可以到这儿来捉青蛙。现在，我们顺着林池的边沿儿游吧。孩子们啊，你们不要独自游到这儿来。你们要听我的指挥，好好记住我说的话！"

羽羽继续带着孩子们在池塘里继续游着。野鸭娃娃们十分想到水中礁石中间去游，很想一直游到芦苇丛之中的小溪里去玩。可是羽羽看得出来，他们已经游得很累了，就把他们带回到窠里去。

日子一天天地过去了，野鸭娃娃们渐渐地成长起来了。每一天，从早到晚，他们整天都跟妈妈在一块儿。她去做什么，他们就会学做什么，而且什么都学。她梳理羽毛，他们就用小嘴梳理胎毛；她潜水，他们也跟着潜水；她一动不动地停留在水里面，他们也一动不动。妈妈拔、扯青草，他们也跟着去拔、扯青草。

野鸭娃娃们所担心的事情是还不会飞。他们想："假如能在空中游，那是多么有趣啊！"他们拍动着小翅膀，可是却飞不起来！羽羽望着他们，心里面乐滋滋的。野鸭娃娃们包围住了她，说：

"费克，费克，我们要飞翔！"

妈妈用嘴爱抚着他们说："嘎，嘎，嘎，再等一下吧。你们飞翔的日子快来到啦。总会有一天，你们只用把翅膀张开，就能够飞翔了。"

"但是我们要等到什么时候呀？"

妈妈回答他们说："注意看水芹菜吧，当它们开始开花的时候，你们就可以飞翔了。"

"妈妈，你是怎么知道具体时间的啊？"

羽羽用野鸭子的语言回答了他们。野鸭讲的是一种非常简单的非常别致的话：费克，费克，嘎，嘎，拉埃勃，拉埃托克。他们就以这几种声音来表达出很多很多奇异的事情。

"费克，费克，"野鸭子妈妈说，"我们绿脖子家族有一个很古老的历书：

野鸭的历书

儿童月历

三月来　金盏花儿开，

四月来　小娃娃钻出来。

　　五月来　黄蝴蝶花开花啦，
　　六月来　娃娃变成小野鸭。
　　七月来　水芹在开花了吧？
　　八月来　小野鸭已会飞行，多么幸运！
　　九月来　正是睡莲花谢叶落时，
　　十月来　我们脱毛换新装。

　　"终于有了这么一天，最后一批花儿都落下了，风儿吹皱了池塘的水面，周围一片白蒙蒙的。这就是我们和其他的野鸭会合在一起，展开翅膀，开始出发到南方去的时机了。"

　　娃娃们张开小嘴巴，听着妈妈说。

　　"费克，嘿！费克，"他们叫喊着。他们看见妈妈知道的事情这么多，惊讶不止。

　　从这天开始，野鸭娃娃每天一醒过来，就游到水芹的旁边去。水芹的细长的叶子已经变成深绿色了，但是还没有要开花的迹象。

野鸭娃娃长大了

　　气候更加炎热了。太阳在天空上的时间更加地长久了。池塘仿佛是一个水花园。池塘的边沿上开放着许多蓝色的琉璃草。稍远处的地方，树上已长满了新叶片。

　　大池塘的几个角落里面，新孵的小雏儿都钻出来了。角鸊鷉有四个娃娃，长尾凫有十个娃娃。

　　羽羽的孩子已经比刚生时长大了五倍左右啦。他们的翅膀都强壮了。但是，他们的身体还留着刚生时的细毛呢。

　　在成长到一个月的时候，他们已懂得了有教养的小野鸭们应该知道的一切。第一是躲避的方法。他们辨得出陌生人来到吗？他们可以听得出可疑的声音吗？他们是辨得出听得出的。他们会一下子躲避得影踪全无。

　　直到这时候为止，他们没有碰到过什么危险。

当他们幼小时，水老鼠曾经不止一次地追赶过他们，每次妈妈总是及时赶到，赶走了这个贪馋的坏家伙。

老 鹰

但是，有一天，小野鸭子们受了一次非常大的惊吓。那一天，他们的妈妈到偏远的池塘里去找绿脖子了。临行时，她叮嘱他们说：

"嘎，嘎，嘎。我的孩子们，小心啊，不要发出任何声音来。你们要藏在灯心草丛里面，直到我回来。要听我的话，一定要切记切记。"

"费克，好妈妈，费克，我们记住你的话的，你放心吧。"

但是，妈妈走之后不久，潜潜带头游到了池塘的另一边，去看长尾凫新生出的小娃娃。他们还没游到半路上，雏雏望见高高的天空里有一个黑点儿，打着旋儿下降。

"费克，费克，看啊！看啊！"

馋馋说道："这是一只鸟，不是和我们一族的。"

"他要下来了，下来了。我看见他有一张钩子形状的嘴。"

"他还长着凶恶的眼睛和大爪子哪。"

"小心，这是敌人！"

"这个是老鹰，我们躲藏起来吧。"

"哎哟！他正在潜潜的头顶上打转哪。他很近了。"

"拉埃勃！潜潜，拉埃勃！当心，千万当心！"小野鸭子们着急地喊叫着。

这个时候，那老鹰像一块石头那样直向潜潜游的地点冲了下来。但是，一转眼的时间，潜潜已经不知道去向了。老鹰扑了一个空。他"基阿，基阿，基阿！"地叫喊着，震惊了小野鸭子们。他又升到高空里，依旧在池塘的上空来回的盘旋着。一会儿之后，他向长尾凫的窠那边扑了过去。一眨眼的工夫，老鹰抓起了长尾凫的一个娃娃，把他带跑了。小野鸭们吓坏了，在躲避的地方待了好久好久，一直到妈妈回来，才敢游回去迎接她。

"妈妈，妈妈，拉埃勃，拉埃勃，费克，费克！"

妈妈一听说"拉埃勃，拉埃勃"，就知道敌人已经来过这里了。

她赶忙问："潜潜呢？潜潜在哪儿？"

潜潜从芦苇里面探出头来说："在这儿，我在这里。"

"潜潜，我的好孩子，你把我们吓坏了，你从哪儿钻出来的呀？这么脏，满身污泥。"

"费克，费克，为了躲开老鹰啊。我看见他在我的头顶上打转，我就立刻潜游到芦苇里面。喔唷！我躲在水里面，大半个身体埋在烂泥里面，只露出我的嘴巴，可以呼吸呼吸。"

妈妈慈祥地看着孩子，心想："他一定会有出息的。"她不想去责怪他了。

小野鸭身上添了羽毛

小野鸭们的胃口真是好，他们经常感到肚子饿。对他们来说，吃东西可是一件大事。一只老麻鹅孤孤单单地住在一个角落里面，他高声地喊叫着，希望人家听到。他叫道："克拉伍，克拉伍。我一生之中见到过许多东西，克拉伍，但是像这样贪吃的家伙，我还从没有见到过啊！克拉伍！"

事实上是小野鸭们总是在吃东西！他们的确老是在吃东西！他们吃得越多，长得越大。现在，他们已经长得和他们的妈妈差不多的大了。现在，他们的肚子上、翅膀边上都长出羽毛来啦，到处都在长羽毛啦。

"费克，费克，孩子们，过不了多久你们就要长大啦。"

确实，那黄蝴蝶花六月的时候刚刚绽放，小野鸭们身上就添了羽毛，就像他们的妈妈那样，有了一身棕色和灰色相间的美丽的羽毛，从这时候起，他们可以随意地在小池塘各处游了。

日子多美妙

　　他们在池塘里面比赛潜游，在池塘里面闲荡。泳泳和潜潜逆流游去，发现了生长水芹菜的地方，其他的姊妹兄弟们就轰了过去，一起尝尝水芹菜。他们在池塘里面还玩着各类游戏：追逐小鲤鱼来恐吓他们啦，从礁石上翻下来啦，花样多得是。他们还去追捕蜻蜓、蝌蚪、水蜘蛛和蚊虫。碰到下雨天，那就更好了，他们就在池边沿上收集蜗牛。

　　他们还有很多客人来访啊！角鷿鷉的孩子、长尾凫的孩子、（番鸟）的孩子……那些朋友都是会嚷叫会扑水的。

　　角鷿鷉长得真好看，他们的脖子上面有一圈螺纹。他们的爸爸为了鼓舞他们游泳，组织他们比赛，谁游得最快就奖励给他一条鱼。他们游得很累，角鷿鷉妈妈就往水里一钻，便把四个孩子背在自己的背上。小野鸭子们往往陪着他们游去。

　　鹤妈妈一旦讲起话来老是滔滔不绝的。娃娃们常常兴致勃勃地听着。她有好多东西打算讲，她很快乐。她知道池塘里发生的一切，比如：什么时候会下雨，哪家吃了些什么早饭，哪儿最容易抓到青蛙。

　　绿脖子几乎很少到池塘里面来。他已经脱下了结婚时候的华丽衣服，换上了夏季的衣服：一身棕色和灰色相间的羽毛，像羽羽一年到头这样的打扮。可是他依旧保持那种骄傲的态度，小野鸭子们看在眼里，以为他们的爸爸是世界上面最漂亮的鸟。

潜潜的冒险

　　泳泳和潜潜是这群小家伙之中最有名的游泳能手了。他们俩很贪玩，喜欢四处乱闯！每一天，他们俩总是最早出去并且最晚回家的。他们俩总是形影不离的。妈妈想尽办法要他俩在池塘里面玩，可是总是不成功。

　　七月里面的一天，泳泳和潜潜的姊妹兄弟们在阴凉的地方休息的时候，他们俩在灯心草丛里面玩捉迷藏的游戏。

潜潜一边在乱草丛中开辟一条道路，一边游。他觉的自己游得够远了，就叫道："嘎，嘎。"于是，泳泳就去寻找。但是，当他的弟弟就快要发现他的时候，他又朝前潜游而去。哈哈！真好玩！

泳泳叫道："别游得太远了，不要游得太远！回来，我游不动了，回来！"

潜潜正玩得这么有趣，连听都没有听到。

潜潜向前游啊游啊，忽然他迷惑了，他停住了。那儿没有灯芯草，没有水草。光是水，一大片的水！这就是真正的大池塘。这个时候，他已经忘记了妈妈的叮嘱，忘记了捉迷藏，他把所有事都忘记了。他只有一个想法，一直游到大池塘的那一边去。

渡过大池塘的游泳马上就实行了。潜潜游到了对岸，出了水面，上到了岸边，抖了抖羽毛。他不敢相信自己的眼睛，在他的面前是一片大草地，并且还可以望到远方的树林、田野、小丘。他从来都没有想到陆地有这么的大！他勇敢地往前走着，一边东张西望一边走。有时候他停下来吃吃草，吞下一个经过他脚边的鼻涕虫，或者去抓抓蚱蜢。他感到一切都很美丽。

他心里暗暗的想："我们也能生活在陆地上。只可惜土地这样硬……啊唷！我的脚疼啦！"

他一跛一拐地慢慢走着，来到了一块裸麦田里。他以为这就是地上的芦苇，躲藏在里面可以休息休息。他有些累了，眼睛已经闭上了，头垂下了。这时，他突然听得一个低沉的叫声，然后传来了一阵可怕的汪汪叫。潜潜透过那些麦秆，隐隐约约地看见一只动物：没翅膀的大身子，生着四条腿、一个没有喙的大头还有一条滑稽的尾巴。这是一只狗。

潜潜提心吊胆，宁肯放弃世界上所有的鼻涕虫，只要能够回到自己的池塘里，自己的家里。这时，他连叫"拉埃勃"的勇气都没了！

接着突然寂静了，敌人走远了。

潜潜就谨慎地走出躲避的地方，向池塘蹒跚地走去。唉！那一个可怕的声音又在他后面叫起来了："汪汪汪。"原来那只狗并没有走远，而是跟踪着他呐。潜潜忘记自己并不是在水里，他想潜水跑走……头朝下一钻，和硬邦邦的地面撞了一撞。那只狗离他只有大约两步远了。

这时，一个奇迹出现了。潜潜的翅膀自行展了开来，用尽力气扑腾着，他的脚便离开了地面。真妙啊！他起飞了！他上升着，慢慢上升着，在草地的上方飞着，飞着飞着，现在已经飞到大池塘的上方了。真漂亮啊！风从羽毛下边擦过的感觉是多么的舒适啊！飞比游和走都快得多啦！真是想不到啊！

他已经飞到了池塘的上方。他看见他的妈妈正发愁的被小兄弟姊妹们围绕着。为了去招呼他们，他喊了两声："嘎，嘎！"叫声是那么的轻快，以致于羽羽妈妈感到十分的惶惑。

"是他呀！他在飞啊！他会飞了！"小野鸭们在下边叫喊着。

当潜潜降落了下来，停在他们身边的时候，喧喧高声喊道："水芹开花了！水芹开花了！"

小野鸭会飞啦

小野鸭们走向了四面八方，都扑着翅膀想要起飞。但是，那天他们还不会飞呢。再等了三天，泳泳才会在池塘的上空飞行。接着馋馋、飞箭和其他的小野鸭也会飞了。

在一天早晨，羽羽妈妈对他们说：

"费克，费克。你们准备好了，听我说，我们就要出发了。"

小野鸭们起飞了

开始，他们觉得那个池塘非常大。可是，他们愈飞愈高之后，才发现那池塘在广阔的原野里面显得那么小。

小野鸭们本来想飞到很远很远的地方去，看一看飞行的身体下面展现的千百个奇景。可是，他们飞得太久，实在是累了，妈妈就将他们带回到大池塘的上空。他们的爸爸在那儿叫他们：

"孩子们，你们现在已经变成了会飞的小野鸭了。从现在开始，你们可以在池塘上面生活了。"

于是，泳泳、潜潜、噪噪、喧喧、馋馋、雏雏、贝壳、飞箭开始了一种美好的生活。

每天，他们总有一些新的发现或是新的冒险。他们在清早就起飞，嘴向着风，一直朝前飞去，直到他们找到一个沼泽的小山谷、一片荒地，或者一个荒僻的湖为止。他们发现了新地方，就先在四周观察一番，如果没什么动静，就慢慢下降到了这个陌生的地方探索、参观。"偏僻的沼泽地"就是他们常常去访问的地方。这真的是一片理想的乐土。你想抓一只青蛙，只要伸一伸嘴巴，就可以捉到两只。

"这儿，蚯蚓好长呀，至少有百米长呐。"馋馋用力地从泥土里拉住一条蚯蚓说。

一片快乐的叫声。

开始的几天，他们在天空中看见了很多东西，而且好多的东西连妈妈也来不及一一的说出名目来。

"妈妈，你看这只吃草的野兽像鹭一样，哞哞地叫着。"

"这个是一头母牛。"

"那它是朋友还是敌人？"

"它是朋友。"

妈妈用非常快而且简单的词语向他们说明：那些是草地，那些是树，那些是云朵，那些是小河，那是风。

"妈妈，那里这里一堆堆用砖石堆砌的东西，是什么东西啊？"

"这些是人类的屋子。"

"是朋友还是敌人呢？"

"它们是敌人，永远也别和他们接近。要听我的话，一定要切记切记。"

预感今年冬天不冷

太阳照红了原野，沼泽地在变干，池塘水位低落，土地也裂开了。芦苇上面开着一束束小花儿，这是夏末啦。

野鸭们在晨雾里飞出去访问他们所发现的乐土。他们在中午之前会回到池塘里来，在这儿休息。直到太阳快要落下，美丽的黄睡莲花儿合上花瓣沉入水中的时候，他们才会再飞出去。

泳泳、潜潜和他们的兄弟们不再到那个"偏僻的沼泽地"去了，因为那儿已经被鹭子一家破坏了。

可是，那个水清似镜的大池塘里游着满眼的小鲤鱼，那个开放着蓝颜色的龙胆花的小池塘里蠢动着蚊虫、水蜘蛛和龙虱。在那水乡的僻静的地方还有水芹菜呢。

突然有一天，他们在那里吃着，搜索着的时候，一只火黄颜色的小动物落到了水里，恰巧落在了他们的旁边，正在挣扎着朝对岸游去。

"费克，费克，妈妈，你看，他多么的漂亮啊！"

"费克，费克，确实是一只漂亮的动物。他是松鼠翎翎，正在搜集橡子，他身上一根灰颜色的毛都没有。我可以预感今年的冬天是不太冷的。你们听好了，将来可以再来回想回想我说的话对不对。"

脱毛换新羽

夜变长了，太阳也不像从前那样热呼呼的了。下了雨，地上十分湿润，河水也因此涨了。有一天清晨，小野鸭们觉得身上不舒服，非常愁闷。他们很想像平时那样飞行，但是一飞起来就会无力地跌落在水塘上。他们每扑动一次翅膀，总要脱落几根羽毛。他们那些棕色和灰色相间的漂亮的羽毛，一根一根地脱落光了。他们心神不宁了，跑到浓密的芦苇丛中去躲藏。这时候，妈妈就过来安慰他们说：

"孩子们，不要紧的，不要害怕。所有的野鸭每一年都要更换一次羽毛。现在就是你们换毛的时期啦。"

绿脖子回家了。他行动很艰难，他的大翅膀上面光秃秃了。

妈妈接着又说："你们看，你们爸爸的这件夏装穿得破破烂烂了。但是请你们放心吧，几天之后，他又要穿上结婚时候那样的美丽衣裳了：他将要换上一身蓝色、绿色、灰色、紫色以及棕色相间的漂亮的羽毛。"

绿脖子说："是呀，你们放心吧。几天之后，我们都将要有新羽毛了。至于你们呢，孩子们，你们应该知道第一次换毛是你们一生之中的一件大事情……现在你们成长为大野鸭啦……总有这么一天，你们的翅膀会将你们从雾蒙蒙的地方带回阳光满照的地方去。你们就要过上一种新的生活了……"

绿脖子就像对大人讲话一样地讲着，小野鸭们都聚精会神地听着，脚和嘴都不敢动一动。

他们长久地陷入沉思当中，幻想着陌生的地方和旅行。

他们在藏匿的地方过了许多夜晚，他们的精神好转了，精力恢复了。他们已换上了一身新的羽毛。

又是那只（番鸟）对整个池塘里的居民们报道说：

"太儿，太儿，羽羽一家已换上了新衣服，太儿，太儿……"

好奇怪：飞箭、泳泳、贝壳的衣服跟妈妈的一样！其余的小野鸭子跟爸爸的绿脖子一样。这真是奇观啊！

潜潜高兴得疯了。他不断地在水面照着自己，抖抖翅膀，梳理羽毛，得意地喊着：

"嘎！嘎！我就是绿脖子！我就是绿脖子！"

好几种候鸟

从这时候起，大池塘里便骚动起来了。这些候鸟都要出发向南方去了。有些结成大队，有些结成小队，陆续地来到了这里。有些是停息在这里，有些是经过这里。有一家子赤颈凫来到沼泽地里面过冬，这个时候，那些琵嘴鸭就离开了，川流不息，来来往往。那只（番鸟）都不晓得向谁讲才好了。

"太儿，太儿，大鹬们刚刚到来啦！他们将要在这儿住下来，一直将要住到满月！太儿，太儿，今天晚上，鹭子们将要出发了！太儿……"

羽羽的孩子们非常高兴。他们从那个队跑到这个队，去问问那些候鸟，看看这些候鸟。

"嘎，嘎，你们是谁啊？你们是从哪儿来？到哪儿去？"

泳泳和潜潜总是跑在前面，去迎接那些新来的朋友。他俩渴望跟着那些候鸟一起出去，所以急急忙忙地回家里去问爸爸："什么时候？我们什么时候出发？什么时候？究竟什么时候啊？"

有一天，那只（番鸟）报道说，那些骨顶鸡就要来到湖上面集合了。果真如此，第二天，那儿到了近百只。第三天，那儿聚集了近千只。噪噪晓得那些骨顶鸡是不太喜欢野鸭的，但是他还是去参加了这次送行。他大胆地游到了他们面前，然后问道：

"嘎，嘎，你们要到什么地方去啊？"

"弗里兹，弗里兹，这并不关绿脖子家的事儿。走开走开，你妨碍了我们啦。"

"嘎，嘎，如果我妨碍了你们，你们就走你们的吧。"

"弗里兹，弗里兹，这该死的野鸭子，还得要我们来教训教训哪!"骨顶鸡说。

于是，二十张大嘴落到了可怜的噪噪身上，啄他，打他。当他清醒过来时，池塘上面已经飞空了。骨顶鸡们已密集在天空里面，仿佛一朵乌云。

噪噪的翅膀都耷拉着，头上正在出血。他用力游到芦苇丛里，像小时候那样呼唤着妈妈。羽羽闻声迎接上去，替他包好了伤口，安慰他，怜悯他。他的姊妹兄弟们看见他们的好噪噪被欺负成了这副样子，十分难过。绿脖子看着他的伤口说：

"噪噪需要治疗一个时期才会痊愈。按现在的病状看，他经受不了长途旅行的劳累。今年，我们不再到南方去了。"

噪噪、馋馋、雏雏、喧喧、贝壳、飞箭都很乐意留在这里，留在这个可爱的池塘里面。但是潜潜和泳泳却十分不高兴。因为好久之前，他俩就一心想着这次旅行了。

就这样几天过去了。在芦苇丛里面，他们的老窠旁边，馋馋和喧喧照看着他们的受伤的兄弟。绿脖子、羽羽和其余的野鸭子在池塘里面慢慢地游着。

　　突然，水面上倒映出一朵朵灰色的云，一阵叫声和扑动翅膀的声音，让潜潜吃了一惊。二十只野鸭轻盈地漂在水上，游过来，招呼羽羽及她的一家人，仿佛他们是老相识。他们的头颈要比绿脖子更美，他们的羽毛也更加灿烂夺目。他们从北方飞过来，准备到南方去度过冬天。费克，嘎，嘎，嘎嘎，费克，闹成了一片，从池塘的那一边传到这一边。

　　泳泳和潜潜仿佛着了迷似的。他俩观察着这些漂亮的候鸟，和他们结下了深厚的友情。

　　潜潜对泳泳说："费克，费克，我再也呆不住了……我再也不愿待在这儿了，我要离开啦……"

　　泳泳回答他说："我也如此，我也如此。我不会离开你。"

　　羽羽听见了，低垂着头说："哦，我的孩子们，你们已经长大啦。飞走吧！你俩生得又勇敢又结实。一旦我晓得你们过得很幸福，很自由，我将多么开心啊！世界很美，很大。费克，费克！你们将会看见到广袤的沼泽、壮丽的河流、各式各样的房屋、大湖、森林、山，还有比那天空还要蓝的海洋……我们，我们留在这里治疗你们的兄弟，我们在这儿等候你们回来。明年的春天，你们回到这个池塘里面来，把你们所看到的一切讲给我们听听……现在，我亲爱的孩子，飞吧，飞走吧，飞吧，祝你们一路顺风！"

　　潜潜和泳泳非常激动，向亲爱的爸爸、妈妈和姊妹兄弟们告别。他们要再看一看他们生活了很久的这个美丽的地方，于是他们对老窠投视了几眼，跟噪噪说了最后一次再见，然后就跑到他们的新伙伴里去会合了。

　　在一片大喊声中，那些旅客好像接受了命令似的，都弗弗弗，一下就升到了天空里。

　　野鸭子领队是一只远征老手，泳泳、潜潜和其他野鸭子跟随在他的后边，排成人字状。他们飞着，飞着，仿佛一支巨箭射往太空……

海岛之迷

[法] 罗贝尔·德拉克鲁瓦 　著

海岛的奥秘

　　1936 年 5 月份的一个晚上，洁白的月光映照着一只正在行驶的"联盟"号帆船。它刚好驶离西贡，正在准备开向菲律宾载运干椰仁。

　　这是一只新的三桅帆船，但是它的首航十分不顺利。开始是在爪哇海勿里洞岛的浅滩上面搁浅。后来，到了西贡又被一阵急速的风暴刮到河岸上。那么一来，船上有些船员被这接二连三的意外遭遇弄得心神不安，心里不断地犯嘀咕，他们真不晓得在返抵法国之前，还会碰到什么样的怪事哩！

　　船在夏夜的海面上航行。海水轻轻地敲打着船舷，发出了一些单调的哗哗声，四周静悄悄的，好像整个世界都已进入了梦乡。

　　"在我们正前方，有一个小岛！"吊架上面瞭望水手的一声呼喊，惊动了所有的值班人员。

　　"天知道，他大概是正在做梦呢吧！我们远离海岸已经有二百五十海里了。"正值班的二副一边拿起望远镜来，一边叨咕着。

　　"可不是！"他看了一会儿又说道，"我什么也没看到。"

　　于是，他命令把吊架上面的水手叫来。

　　"我向您保证，二副，我的确是看见我们的正前方有个岛。"吊架上的水手反复地说道。

　　"你不晓得最近的陆地远离我们也有大约 250 海里之远吗？"

水手不敢辩驳，他不再坚持，正打算回到自己的岗位，但是二副又制止住了他。

"不要走，就呆在这里！你也许看花眼了吧！"说完之后，二副派了另外一个人替代他的工作。

"联盟"号又回到了沉寂之中，除了二副偶尔做出校正航向的口令之外，只能听得见滑轮在吱嘎作响，桅侧绳索的嗖哨以及桅桁的呜咽声。

大约二十分钟过去了。二副又重新拿起望远镜，向周围环视了一下，然后又回到了驾驶室的右侧，他老是习惯呆在那个小角落里。平时只有在他抽着烟斗悠闲地踱步的时候，他才会离开这个地儿。他刚把背靠在那微微颤抖的栏杆上面，从吊架那一端又传过来了一阵非常大声的喊叫：

"正前方向有一个岛！"

船员们全都本能地转过头去。他们没有看海面，而是看着二副，观察着他的反应，同时似乎也预感到有什么意外的事情正威胁着他们。海员们再一次听见了关于前方有岛的喊叫声，可按理说这是不应该存在的，因为地图上并没有标明这一片海域里有任何岛屿。

"二副，这可能只是一种幻景吧！"一位水手胆小地说。

"上桅杆，快点！看你是不是也能……"

这也许只是个幻景，也可能只是个没有桅灯的船影，也或者就是随波飘动的沉船，还有可能或者……船员们全都神情紧张地猜着。

"正前方有个岛！"从桅杆上又传过来了同样的大声的喊叫。惶恐的舵手猛地转了一下手中的舵，船也随之向右倾斜着。

二副将望远镜紧贴着眼眶，仿佛这样就能够看得更加清楚一点。一个岛……是一个岛……这三个字儿在他头脑里面跳跃，向他嘲笑，向他挑战："好啊！你们都不相信，那么，你现在请看吧！你还说些什么？"

二副转过身过来，"联盟"号的苏纳斯船长已经来到他背后。他制服上面的扣子还没有完全扣起，大盖帽压在蓬乱的头发上，脸上还带着惺忪的睡意。

"船长，这个是……我认为这个是……"

"那就快说吧！"

二副不再迟疑，他脱口而出，仿佛说了句蠢话似的。"船长，是一个岛……"

苏纳斯抢过他的望远镜。他脸上的那些肌肉好像在抽搐，扶在黄铜栏杆上面的手也不自觉地攥紧了。

"现在我们离岸边二百五十海里，您认为还有可能发现一个岛屿吗？不可能吧，是不是？我曾经想过这是种幻景，要不然就是航道的差错，当然也许是罗经失灵……"二副说得非常快，仿佛他想让人忘记他刚才说的那一句蠢话。

苏纳斯突然打断了他那些滔滔不绝的唠叨。

"我们的航向完全正确。天气这么晴朗，我不会相信出现什么幻影。不错，这的确是一个岛。"

"这真把我给弄糊涂了！"二副低声的抱怨地说。

苏纳斯耸了一耸肩膀。现在已经不是猜疑的问题了，他已经清清楚楚地见到了一个岛。当前，唯一要解决的问题就是在这个只有大约几海里的距离让船避免发生事故。他让舵手左转九十度，之后招呼船员准备去收帆。

"是一座因火山爆发造成的小岛么？"二副问。

"我也这么想过，"苏纳斯说，"可是，在那种情况之下是不可能有树的。"

这时候全船的人都被惊醒了。人们都欠着身子趴在右舷的栏杆上注视着正前方，朦胧的夜色映衬着那些摇曳的树枝。眼前出现的事情，就犹如梦境一样。

沿着船边传来了一阵低声的絮叨："有一个岛……你看见了么？……是一个岛……你晓得它的名字吗？"甲板上面的细语更衬托出了艉楼上的寂静。船长与水手们都没有办法解开这个从海洋深处浮现出来的谜。

这个时候，船的方向准确无误，测速仪、罗经工作均正常，所以人们赶快查看了《航海须知》，但是在那上面根本就没记载这片海域有过任何岛屿。而且每年都会有几百条汽船、帆船行驶在这条航线上面，它们中也从来都没有一条船发现过陆地。

但是现在，黑色的庞然大物就摆在大家眼前，并且，非常近，一点儿也没有错……

　　船员们马上又陷入了让人窒息的沉默。这份沉默里孕育了因为面临不平常事件的威胁从而产生的惊慌。人们呆若木鸡，一动不动的，全都不知所措。突然前面的岛屿就不见了，不一会儿却又在船的另一侧出现了。

　　"又是一个岛屿！"苏纳斯苦笑地说到，"我们该不是闯进了一个幽灵群岛吧！"他与他的助手们紧张地观察着出现在他们面前的、像墨色幕布般的阴影。

　　蓦地一声巨响，全船剧烈地震动起来了，眼前的黑幕突然唰地一声绽开了。紧跟着，船体肋骨便发出了吱嘎嘎的声音，桅桁与缆绳相互扭结着，传出了一阵阵断裂声。这其中还夹着一种之前从未听到过的、好像是从另一个世界传来的、刺耳的生物的尖叫声。"联盟"号最终这样仓促地进入了一个惊天动地的变异之中。

　　三桅船一直在缓缓摇摆地不停移动着，忽然在它的甲板边上竖立起来一棵树，随即哗啦的一声倒在船首。同时另外一棵树杈在前桅旁竖立起来了，树叶在风中飒飒作响，甲板上面到处是土。断裂的那些树枝、树皮与树脂的气味与海风的味道混杂在一块儿，使人感觉到好像在海洋里出现了一片森林似的。

　　苏纳斯本能地命令水手右转舵，但是船头却突然一下子翘起十来米高，"嘎"的一下子停住了。

　　惊愕的船员们都已经吓瘫了，他们全都痴呆地看着倒在甲板上的树干、挂在桅侧绳索上面的树枝和翘起的船头。很明显，船搁浅在滩上了。

　　黑暗降临了。漫漫长夜，四处充满了焦虑。船员们都没法入睡，他们在甲板上面来回踱步，在船舱里面低语交谈。

　　那条倒霉的船又一次经受了令人不安的撕裂，船身的模样也变得让人讨厌了，就连这舷侧不停发出的流水声，听着也叫人心烦意乱。大家全都在焦急地等待着黎明的到来。

　　朝阳最终跃出了大海。但是，光明不仅没使船员们的心情舒展开，反而却加重了他们的不安。由于冷酷的现实十分清晰地展示在他们眼前：大洋上的确有两个神秘的小岛，三桅船就在其中一个岛上被搁浅了。而另外一个小岛大约只有150米长，但奇怪地、孤单地镶嵌在一个直插海底的笔直礁石上面。

幸好船的损失并不很严重，苏纳斯吩咐放了两条小船先下水，再从尾部拉船脱浅。所以，大伙随着鼓劲的号子声一次又一次地用力拉、缆索被拉得紧紧的，但是船头还是被嵌在那里一动也不动。

太阳冉冉地升起，海风徐徐吹过来。苏纳斯不肯放过每一阵风的时机，顺风使劲的拉船，经过大约两个小时的奋斗，船头总算滑动了一米的距离，船员们都发出了胜利的呼叫，小船上的人更奋力划桨。

午后不久，阴沉的天空将大海变成了铅灰色。"联盟"号船终于脱浅了！在它慢慢地驶离时，两个小岛也逐渐地在海面上消失了。

这场意料之外的险恶遭遇，让全船的人都胆颤心惊，奋斗了大半天，已经疲惫不堪，筋疲力尽了。有的人沉默不语，有的人满腹牢骚。人们还在继续琢磨是否还有更大的不幸会降临呢？但是，有一个人却是例外。他是见习的水手帕皮诺。他一直兴奋透了，好奇地在甲板上跑过来跑过去，心里感到一阵阵开心。他觉得这对他认识海洋是多么生动、多么宝贵的一课啊！

帕皮诺出生在法国布列塔尼地区雷恩市一个法官的家里。他的父亲在幼年时候极为聪颖。八岁进入学校，特别喜欢数学、哲学与诗歌，并总是故意躲开同龄少年的所有娱乐活动，独自研读自己喜欢的书籍。出于他对旅游的爱好，还有某种好动的天性、对数学的好奇，他曾经作为一个志愿军先后去过荷兰、德国。无论他走到哪儿都在一心思考哲学与科学问题，都会去观察各种不同人的活动，他还会把这些在他思想里翻腾的、但没成熟的思维记录下来。他几乎跑遍了整个瑞典、德国、荷兰和丹麦。他把旅行作为一个手段，通过亲自考察得到第一手材料，逐步丰富头脑、积累知识。不幸的是他在一次旅途里遇难，在帕皮诺七岁时候就去世了。帕皮诺的母亲带着他到了南特的叔父家里面。母亲是一个没有什么文化、善良温存的人，但她却尽量地督促帕皮诺的学习。她不会拉丁文，但她依然每晚陪着儿子，听他去朗读课文与诗歌。帕皮诺记得他父亲曾对他说过：他的一位祖先因同意由低级生物进化到高级生物的观点，并且论证了人与猿猴的亲缘关系，被当时很残酷的宗教裁判所判刑，在1619年被人用钳子将舌头拉了出来后，在图卢兹被活活地烧死了，他为了捍卫科学知识而献出了生命。

可能是因为在这样的家庭教育的熏陶和影响之下，帕皮诺从小也就养成了强烈渴望学到知识的性格。他以为能够获得知识就是最大享受，哪怕需要付出一些代价也是值得的。他就正是怀着这种愿望多次要求他的叔叔——"联盟"号上的二副——允许他过来参加这次远航的。

"联盟"号刚刚抵达菲律宾，船长苏纳斯就对有关方面报告了他亲身经历的这一次奇遇。水道测量局的人听了之后说，在这个海域里面从来也没有发现过岛屿。其他的帆船的水手们也都以怀疑和取乐的态度来聆听"联盟"号上面水手们的叙谈。显然，大家都以为这是"联盟"号的集体的错觉。

苏纳斯不想和他们争辩。他决定当他在返回的时候再寻找这两个岛屿，然后记录下它们的准确位置。开船之后两天，按理应该见到来的时候搁浅的那个岛了，可是他却什么都没有看到。"联盟"号在无际无边的海洋之上，整整转了六个多小时，仍是一无所获。岛屿已经消失得无踪无影了。虽然苏纳斯有解开这一个谜的愿望，但是他不能耽搁的太久，也不能够改变航线，只得相当遗憾地继续朝南航行。

听说以前有一个水文测量代表团在中国的海岸附近的海域，也有过一次类似的奇遇。可是当时人们也觉得那是一次集体的幻觉。

真的是集体的幻觉吗？实际上不是。

人们只要注意观察，在满潮的季节里面就会看见海水常常夺去一片片的土地，其中有些就变成了真正的小岛。在这些由泥沙和粘土构成的小岛上经常生长着小灌木和大树。小岛被激流和大风卷入深海后，碰上海底上突出的岩石，小岛就固定了下来。让"联盟"号的船员们那么惊恐的就是这种岛屿之中的两个小岛。

真正的鲁宾逊

"联盟"号满载了菲律宾的干椰仁在广阔的太平洋上航行了大约七天。这次同它在东南亚的厄运刚好相反，可以说是一帆风顺。这天，它驶进了智利沿岸的胡安·斐南德斯群岛的马萨·福埃拉岛。岛上好一片葱绿的景色，有自然形成的岩洞，瀑布从岩石斜坡上面奔泻而下，深邃的小湾里面温和宜人。智利人很早就将这儿当作一个吸引游人来的风景区。

苏纳斯船长看到了航行日志，因为前几天很少有的好天气，让"联盟"号赢得了一点时间。他将二副叫到面前，宣布"联盟"号要在马萨·福埃拉岛停两天。

"联盟"号在离岛大约两百米左右的地方抛了锚。这时候俯身靠着舷墙的船员们看到一个木筏从岸边向他们驶过来。木筏上站着一位披着兽皮的男人与一个牵着一个山羊少年。船员们看到了这一情景顿时间发出一阵哄笑、多么古朴怪诞的装束呀！但同时，它却又将人带进了海岛的传奇中，使人们心中充满了对海岛的向往。

正是为了招徕游客，披着兽皮的人才会划着木筏，驶向每一条来到这里的航船。木筏上的这个人到底是什么人呢？他是鲁宾逊·克鲁兹的化身。他的出现替胡安·斐南德斯群岛增添了诱人神秘的色彩。这些个"鲁宾逊的化身"都是一些出色的导游人。他们在伴随游客们游览这里的迷人景色时，能够滔滔不绝地讲述一些有关于海岛的有趣神奇、引人入胜的小故事。

"联盟"号的二副带上十七岁的侄子帕皮诺兴致勃勃地上了岸，他们找到了一个"鲁宾逊的化身"，与他合拍了一张照片，然后请他讲了一个有趣的小故事。

"先生们！""鲁宾逊的化身"说到，"你们如果感兴趣，我可以讲三天三夜。你们一定知道《鲁宾逊漂流记》这部小说吧，可是，你们可能并不清楚小说的主人公都是借鉴于谁的事迹。书中提到的岛也都不在太平洋，而是位于南大西洋奥里诺科河河口。"

帕皮诺一开始接触到这个奇装异服的人，就产生了疑问。不等到那人说完，他就插嘴问道："先生！鲁宾逊与胡安·斐南德斯群岛究竟有些什么关系啊？你们为什么这里有这么多'鲁宾逊的化身'呀？"

那人一听这话，脸上便露出了微笑，于是开始绘声绘色地讲了起来。

大概在两百多年之前，一位名字叫亚历山大·塞尔科克的苏格兰籍的海员在伦敦出版了一本书，记录他自己独自在一个岛上生活四年零四个月的故事。当时曾轰动一时。而书中所述的那个岛是马萨·福埃拉岛。

亚历山大·塞尔科克的这一段经历引起了六十岁的英国作家丹尼尔·迪福的很大兴趣。迪福是一个著名的抨击文章的新闻记者和作者。他曾经与英国圣公会和斯图亚特王朝有过争执。后来他躲藏在乡下时，经济方面的拮据让他产生了创作一部小说的念头。他在塞尔科克的真实故事中得到了启发，废寝忘食地写了《鲁宾逊飘流记》这部小说，并在1719年正式出版发行了。这一部脍炙人口的小说所借鉴的是塞尔科克的真实的经历。

那是在1704年的2月8日，一条小艇远离了由托马斯·斯特拉德林所指挥的"五港"号，朝着马萨·福埃拉岛儿划去。艇上只有一个人，他就是"五港"号水手长官亚历山大·塞尔科克。他随身带了一个床垫，几件衣服，一支枪与一点弹药，还有一些餐具、工具以及几本书。

小艇划了不远，绕了半圈儿又朝轮船划回来。

"你忘带什么东西了么?"斯特拉德林在船上面问。

"不，不! 我要回到船上去。"塞尔科克说到。

"那可不行啊，伙计! 既然你决定上岛了，那么你就去吧! 留在那里更好。"

原来斯特拉德林与塞尔科克经常相互争吵，关系一直非常紧张。有一天，在比以往任何一次都更激烈的争吵之后，斯特拉德林向水手长大发脾气，并说再不需要他开船了。塞尔科克也不示弱，说他再不愿和这个样子的船长呆在一块儿了。一气之下，塞尔科克下决定在马萨·福埃拉岛上岸。

塞尔科克原以为他这决定不会有什么恶果，因这个群岛常常被英国和西班牙航海者们当成基地。他想在短期之内再上一条其它的船不会有什么困难。

但是，在他乘小艇离开了"五港"号以后，一种意外的惊恐向他袭击来。一想到要在一个荒凉的岛上面过离群索居的生活，他不禁全身颤抖起来。同时他还感觉只身离开航船，总有点儿像开小差，因而他决定还是回到船上面去。但是，斯特拉德林却坚持想要他上岛。他也知道船长不会轻易改变主意，结果只得重新拿起桨，慢慢地朝岸边划去。

马萨·福埃拉岛不是一个寸草不生、使人难以生存下去的荒岛。虾、山羊、鱼和很多可以吃的植物替塞尔科克提供了足够的食品。因此，这位苏格兰海员的悲惨遭遇并不是饥渴，而是孤独。孤独就好像一个幽灵死死地、时刻不停地纠缠着他。四周寂静得吓人，仿佛只要他一闭上眼睛，一个想像不到的危险就会朝他猛扑过来。他不敢睡觉，除非困乏极了，他才会睡一会儿。醒来之后，他就拼命干活。他搭起了一间简陋的草屋，每天都会去猎取山羊。他有时以枪打，当子弹用尽时，他甚至奔跑追捕。弄到食物之后，他就点燃火来做饭。但是，一旦停止了手中这些活儿，就像毒瘾发作似的，凄凉感觉又重新向他扑过来。

塞尔科克被唯一的一个希望支撑着，那就是期望荡皮埃船长的"圣乔治"号能够来到这个小岛。因为这船同"五港"号是同时自英国起航的。日复一日，小岛四周的海面上始终是空的，塞尔科克整日眺望，可什么也没发现。这种徒劳的等候折磨着塞尔科克的意志，失望和痛苦无数次之后，迫使他决定永远地背向大海。

有时他走进草屋里，会捧起《圣经》，高声地唱圣诗或祈祷。在这孤独的时刻，他成了一个非常虔诚的基督教徒。连他自己也感觉莫名其妙。因为过去他从没有这样做过，甚至不晓得将来是否还会这样。不过，此刻他只有听到自己的祈祷声才能够感觉到自己的存在。

塞尔科克在荒岛上面仅有的伴侣，就是曾停靠过胡安·斐南德斯群岛的船员们所遗弃下来的那些猫。这些猫于对他太有用了。它们不只可以为他捕捉一些老鼠，而且还能够守卫着他，让他安心地睡觉。

天长日久，塞尔科克把猫与几只小山羊都驯服了。为解闷，他与它们一起唱歌、跳舞。它们的叫声和动作使塞尔科克忘掉了孤独。八个月之后，他甚至已经开始习惯这样的生活，再也不去想那个文明社会了。

直到1708年，伍德·罗吉士的"公爵"号因为避风停泊在马萨·福埃拉岛时，才有只小艇来到这个荒岛上面。当小艇返回的时候，船员们带回了大量的鳌虾，还带回了"一个身披羊皮，似乎要比野兽还野的人"。这人是亚历山大·塞尔科克。

当伍德·罗吉士向塞尔科克提出询问时，他已丧失了讲话的能力，简直就答不上来。后来。他只能打着手势咿咿呀呀地向英国船长讲了自己的遭遇。

"让你登上这个小岛，这是上天的旨意呀！"伍德·罗吉士向他说道。

"为什么啊？"塞尔科克用不解的目光看着罗吉士。

"你走之后不久，'五港'号遇险，体船员全都丧了命……"

"鲁宾逊的化身"这个充满传奇色彩的小故事深深地吸引住了帕皮诺。

帕皮诺从七岁的时候来到南特，就与海洋结下了难解之缘。南特在十七和十八世纪时就已经是一个具有相当规模的商业港口了。之后，随着化学工业、食品工业和造船工业的兴起，南特港对外联系更广泛了。年幼的帕皮诺经常看到飘着不一样旗帜的船只云集港口，看到一条一条新船缓缓下水，开向海洋深处。他多么向往成为一名海员，去遨游那富有无限魅力的大海！但他毕竟还只是一个孩子。从那时候起，他就开始希望叔父航行归来给他讲述海洋的故事。逢到这样的时刻，他总是聚精会神地去聆听，而且总是听不够。此时，他仍然像过去一样，唯恐这有趣的故事中断了，他思索着，对"鲁宾逊的化身"仔细询问道：

"在丹尼尔·迪福的小说里面，主人公的名字鲁宾逊又是怎样来的呢？"

那人接下去说到：

"航海家荡皮埃在他的《回忆录》里写道：1616 年的 2 月，有六个荷兰水手曾在马萨·福埃拉里避难。1681 年，一个名叫鲁宾的印度水手在这儿居留了四年，最后死去了。丹尼尔·迪福为了纪念这个在胡安·斐南德斯群岛的死难者，所以才给他那本书的主人公取名字为鲁宾逊。Robinson 英文的意思就是鲁宾的儿子。

"但当时尽人皆知的还有关于塞尔科克的故事，故此，人们都记住了他的名字，对于那些，比这个苏格兰水手于荒岛上遭遇到更多的奇遇的其他独居者，就完全陌生了。比方说曾在安的列斯群岛的某个小岛上住过的菲力浦·阿斯顿就是其中一个。"

"对阿斯顿的一段经历，我不晓得先生们是否爱听。"那人故意停顿一下问道。

帕皮诺看了叔叔一眼，不等到他表态，就迫不及待地说到："你继续讲吧！"

　　所以，那人又津津有味儿地说开了：

　　1702 年的 1 月 15 日那天，是个星期六，水手长菲力浦·阿斯顿觉得非常的孤独和烦闷。他将他的帆船开往新苏格兰的罗索维港，想上岸上去喝点儿酒，散散心。这是长期在海上生活之后经常有的一种消遣。

　　罗索维港已在望了。来自西北方向的顺风儿推着船徐徐前进。阿斯顿掌握着舵，嘴角含着笑意看着罗索维港。这时，他伸出右手指着停在锚地的一条双桅帆船与十二条渔船的影子，向其他船员说："看来，上岸喝酒的还不只我们。你们看，这些船帆都放得很低，甲板上面空空的，水手们兴许都上了岸，坐在小酒馆里同新伙伴愉快地畅饮呢！"说着，他们也都兴致勃勃地驶往锚地。

　　菲力浦·阿斯顿的帆船离锚地愈来愈近了。这时，他们看见那双桅帆船放出了一只小艇，一直朝他们驶来。

　　"我们要下船了！"船上一名见习水手做了个愉快的手势向他们喊道。

　　阿斯顿刮完胡子，手里拿着瓶朗姆酒，哼着小调走出了船室。但是当他一走到舱口，马上愣住了。在他面前站住的竟是五个挥舞手枪和马刀的彪形大汉。

　　其中的一个人用手枪指着阿斯顿喊道："你！到这边来！"

　　阿斯顿恐惧地服从了他。

　　"你看见那儿的双桅帆船了吗？嗯！那是涅洛的船。他想见一见你。"

　　朗姆酒瓶霎时从阿斯顿的手中掉落在了地面上。哎呀！他是听说过这个名字的！涅洛不是那个多年来一直出没在美洲海岸边、十分残暴、到处抢劫的海盗吗？

　　"他找我做什么？"阿斯顿结结巴巴地问到。

　　对方根本不理睬，将俘虏们一个一个推上了小艇。小艇马上向着双桅船驶去。阿斯顿与他的同伴被带到后艉楼。五分钟之后，一阵沉重的脚步声震得甲板一直响。俘虏们一回头，涅洛已出现在他们的面前了。

　　他板着铁青的脸孔，用一双冷酷的眼睛盯住他们，接着，粗声粗气地讲着什么。

　　阿斯顿听不明白他说的话，不是因他的英语说得不标准，而是因他的话是那么稀奇古怪，阿斯顿费了很大劲才听出一点儿眉目。出人意料的是，他并没对俘虏们大肆恫吓，而只是对他们提出了一个问题，一个十分荒谬的问题：

"你们之间有结过婚的人么？"

俘虏们惊讶得目瞪口呆。当涅洛重复他的问话的时候，他们只是我看着你，你看着我，半晌谁也没回答。海盗迅速拔出了手枪，紧贴住阿斯顿的太阳穴嗥叫道："你们到底回不回答这个问题？我问你结过婚没？"

"没有……还没有。"阿斯顿低声说到。

"你的那些个船员呢？"

"他们也都没。"

涅洛平静下来。他说："我非常高兴地晓得你们都没有结过婚。"所以，他在一堆缆绳上坐下来。

"因为一个结婚了的人……"他眼神非常茫然喃喃自言自语，"因为一个结婚了的人……"

他的话没说完就低下了头，脸皱得紧紧的，只看见他好几次以手揉擦眼睛。

使阿斯顿非常诧异的是这个可怕的涅洛，这一个杀人放火连眼睛都不眨的海盗涅洛竟也流泪了。

他这样哭了好几分钟后，便默默无言地回去他的舱室，不去理会这些俘虏了。

阿斯顿与他的同伴被关在后艉楼里。他们久久地凝视着双桅船上面擦拭过的大炮，船舷上那些被马刀或子弹损伤的残痕以及那布满褐色污点的甲板，这些都是这个海盗船过去战斗时留下的痕迹。可就是这一条海盗船的船长抓了他们，而且询问他们是否结过婚后却哭了起来。这一切好像是一场噩梦，一场既荒唐可笑而又残忍凶暴的噩梦！实际上这一场噩梦还只是阿斯顿的一个意外的经历的开始。

涅洛询问他们是否结过婚，是因他的船上只收留单身汉。凭他亲身的经验，他心中深知做为一个海盗，如果眷恋陆地是十分有害的。他自己的妻子在波士顿分娩的时候去世了。涅洛是多么希望自己有一个儿子啊！于是，一想起这件事就禁不住痛哭一场。他完全晓得这种弱点的危害，所以绝不能允许他的手底下人结婚。

基于这一点，涅洛下决定召募阿斯顿与他的同伴们入伙，来扩大充实他的队伍。

阿斯顿默默地思考着这突如其来的命运。只由于他想暂时忘却一下子单调乏味的海上生活，只由于他没有结过婚，就被迫来做了亡命之徒，而要从事杀人和抢劫的勾当，一直到厄运来到，断送这一条性命为止。

他央求过了涅洛，并且还跪在他的脚下面，但是一点儿结果都没有，反倒使他成为一个不被信任的人。

不安静的海面，经常响起大炮的轰鸣声，这条海盗船也常常出没在炮火硝烟之中。涅洛从来是见机行事的，遇到单条运输船的时候，就把它捕获。如果碰上了英国巡航船队，就逃跑避开。可是阿斯顿却始终都提心吊胆，生怕被抓到。一想到那正在等待着他的命运——与海盗一块儿被处以绞刑，他就不寒而栗。

所以，菲力浦·阿斯顿下定了决心要尽快逃跑，他无时无刻不在窥视着脱身机会。但是，他的三次逃跑计划全都失败了。最后，在1703年的3月9日，他终于等到了一个到小岛上找水的机会。上岸之后，阿斯顿借口拣椰子而跑得远远地躲了起来。

开始他听到水手们寻找他的呼声，后来随着慢慢减弱的划桨声，呼声越来越远了。周围变得静悄悄的，只剩下了他一个人，阿斯顿开心得跳了起来。

可是几小时之后，阿斯顿又变得惶恐不安了。他面临的问题是如何活下去。可是，他没有吃的，没枪支猎取野味，也没工具。他有些害怕了，一种从没有过的孤独向他袭来。他倒下了，疲倦地倒在一棵树下，一点儿也动弹不了了。后来饥饿让他从昏迷的状态中清醒过来。他睁开眼睛，看见粗壮的棕榈树叶悬挂在蓝色的天空。透过灌木丛的空隙，他看见涅洛的船已经慢慢地驶向大海。

阿斯顿站起身来，心里充满了重新得到自由的喜悦，同时又交织着面对未来忐忑不安的矛盾心情。他捡起几个果子，开始观察这一个他认为只有二十公里长的小岛。小岛的土地肥沃，森林覆盖，到处都生长着野葡萄树、无花果树和椰子树。灌木丛中，常常传出一阵窣窣的响声，猛然之间，还能看见几只奔跑而过的野猪和黄鹿。

　　阿斯顿在阳光下走着，没有枪和工具，也没有吃的东西。他越走越觉得失望。肚子饿得叽里咕噜直响，他只能抱着找到一点贝壳和蟹的希望朝海滩走去。但他又一次失望了。他漫无目的地在海滩上走着，无意之中发现一片平平的沙地，就好像被什么东西抹过了似的。阿斯顿觉得很奇怪，难道有什么人在这儿埋藏了什么东西！他俯身子下去摸索了一阵，竟摸到些海龟蛋。

　　他迫不及待地吮食了几个，总算是暂时充了饥。为了找到藏身之处，阿斯顿离开海滩又回到了岛上，折了一些树枝，把它和棕榈树叶编在了一起，决定用它做小屋的屋顶和墙壁。

　　这时候，他发现离他不远处有三条长了青苔的树干，那些树干看上去挺牢固的，阿斯顿走过去，想将它们拖到海滩上盖房子用。当他走到距离树干还有两米远时，突然停住了。他看到树干的外形很古怪，其中一根末端像一张漫画式的面孔，大嘴巴，小眼睛。在光线下面，那张嘴好像还在蠕动，眼睛睁得圆圆的。阿斯顿看着，觉得很奇怪，又觉得很好笑。

　　他正纳闷着，突然，那树干猛然地竖起，像一个残疾人一样朝他挪过来，丑陋的大嘴还在低声地诅咒。阿斯顿惊叫着朝海滩逃奔，一直到筋疲力尽才停下来。

　　他躲藏在棕榈树后，远远地窥伺这些古怪的树干，只见三个树干直立起来，一齐向他扑来。阿斯顿的心扑通扑通直跳，可还是偷偷地看了一下。啊！原来他认为是树干的东西竟是些蛇，是一些长达三米的大蛇。

　　连续好几天，阿斯顿都不敢回那个地方。以后，他又发现了一些别的蛇。但是只要和它们保持一些距离，这些蛇是不伤人的。渐渐阿斯顿对它们也慢慢习惯了，并知道如何躲避它们。

　　一个月、两个月过去了，在岛上面阿斯顿是没法知道确切日期的，他没有工具和武器，既不能够狩猎，也不能种地。除了捡些果子和海龟蛋以外，他唯一的活动就是查看这个小岛。

　　阿斯顿落脚的地点苍蝇成群，并且日夜不停地打扰他。为了找个比这儿好一些的地方，他趴伏在一节粗壮的空心竹子上，泅水登上了两海里之外的小岛上。

阿斯顿常常在这个小岛上逗留。有一天，他躺在小岛沙滩上，太阳冲破了那些云层，像火一样地透过褴褛的衣裳，一直照在他的身上。

突然，阿斯顿无力动弹了，因为阳光的强烈照射使他中暑了。要不是巨浪卷过来，他一定会死去的。飞溅的浪花让他逐渐恢复了知觉，他跳进水中，游回岛上。他缓慢移动着僵硬的四肢，艰难前进。他步履蹒跚，双脚流血，两眼无神地环视四周。周围的环境好像都充满了恐惧。棕榈树摇摆着非常大的枝叶，好像是在威胁他一样，野兽的叫声使他战栗不安。

忽然，从各种叫声之中出现了一个越来越大、渐渐逼近的巨兽呼噜声。菲力浦·阿斯顿定睛仔细一看，一只野猪正向他猛冲了过来。

阿斯顿发出了一声可怕的喊叫。实在是无力逃跑了，看来他只得听凭野兽来撞破他的肚皮。在野猪快接近他的一瞬间，阿斯顿猛地抓住了一根树杈，把自己悬在了半空。贪婪的野猪急得四蹄在地上乱蹬，抬起头张开嘴就咬，暴跳了一阵，只是撕下了阿斯顿裤子上面的几块破布片。最后，无奈地消失在矮树林之中。

阿斯顿这才离开了树杈瘫软在了地上。他感到又疲乏，又惊恐，又空虚。他甚至后悔了，不该逃离涅洛的船。

他曾害怕被英国人抓住绞死，但那终究只是可能。但他目前的命运却是确定无疑地将死在这个无人知晓、远离人间的荒岛上。

阿斯顿站起身来，一种对前途渺茫的悲观情感驱使他拖着沉重的步伐朝大海走去。他一直向前走去，海水渐渐地浸泡了他正在流着血的双脚。他的目光来回的在空荡的海面上面游移，他向着大海声嘶力竭地叫喊……

就在这时候，离海岸约两百米的海面上面漂浮着一只独木船，船上坐着个脸上长满灰色胡须、头戴着一顶毛皮帽子的人。他正在注视着慢慢陷入水中的阿斯顿。

阿斯顿与陌生人互相凝视，都认为是自己看花了眼。在阿斯顿叫时，陌生人就开始注意他了。起先他认为阿斯顿是个海盗，但后来看他又不像，便划了独木船慢慢靠上岸。

陌生人跳下了船，发现阿斯顿空手赤脚痴呆地站在那里看着他。当他看清楚这个岛上独居者悲戚的面孔之后，便放下心来，走上前去握住阿斯顿瘦骨嶙峋的手。

"我很开心见到你!"陌生人说到,"你是谁啊?"

"我叫阿斯顿,我在这里已经九个月了?"

"九个月了?"

"是啊,我是从一条海盗船上面逃跑出来的。"

陌生人点一点头,好久没有说话。阿斯顿希望陌生人向他说明白自己的身份。但是陌生人只是说:"我来自很远的地方,英国、英国的北部。但是我离开那儿已经很久了,大约已经十二年了。"

"你不愿再回去了吗?"

"啊!太晚了,现在已经太晚了。"

陌生人沉默了一小会儿,完全陷入了沉思。接着叹了一口气,又接着说到,

"我能活着已很幸运了,西班牙人要将我活活烧死。"

"烧死你,这是为什么啊?"

陌生人做了个支吾搪塞的手势,"噢!没有什么,反正我现在自由了。"

阿斯顿不敢再问了,也不愿去细想。他同情这一个和他自己一样的逃亡人。陌生人的意外出现不仅救了他的生命,而且使他在这个孤岛上面有了同伴,不再孤独,能够谈话,这对于一个在荒岛上孤独地生活了九个月的阿斯顿来说是多么幸福啊!况且陌生人还有一支枪、一条木船、子弹和一只狗。从此以后,阿斯顿的生活变得高兴了。他与这个不爱讲话的同伴交谈得不多,但是,那个陌生人的存在对于阿斯顿来说就是个很大的安慰。

陌生人来之后不久,就要到邻近的一个岛上面去打猎,因为他猜想那儿的猎物可能比这儿的多。但阿斯顿的脚还没有痊愈,走起路来十分艰难,所以没陪他去。

于是,陌生人独自一个人划着木船离开小岛。临走时,告诉阿斯顿,他很快就会回来。

晚上,暴风雨在扯着大海。阿斯顿在海滩上面点燃了一堆火,作为独木舟靠岸的信号。可是,直到东方发自,夜色消逝,也没见到陌生人的踪影。阿斯顿这才发现,这个陌生人就像他的突然出现似的,又神秘消失了。

他清点了陌生人为他留下的东西，有一把刀子，几块咸猪肉，一点烟草和火药。阿斯顿有了刀子后就可以把海龟、甲壳动物（像蟹、虾）切成碎块，还可切削投枪，用来狩猎。这以后，他又重新过上孤独的生活。

在陌生人失踪几个星期后的一天，阿斯顿看到海上出现了个黑点儿。他的心里一紧张，难道是他的唯一同伴归来了？当他发现那的确是一条独木船时，这种期望同伴归来的心情更加迫切了。但是马上，他看出了这是条空船。这是陌生人的船，还是另一条因遇难而随波漂过来的船呢？阿斯顿真的无从知道。然而这条小船却赐予了阿斯顿逃离这偏僻荒岛的良机。

有一天，阿斯顿吃得非常饱，喝够了海龟甲壳内盛装的雨水，清点了所有能够带走的东西，划着小船到了附近一个较大的岛。

艰难和孤独的生活继续折磨着他，但是也锻炼了他。从外表上看，他的胡须和头发又多又长，身上披着几条破片，但他企求生存和返回欧洲大陆的希望却更加强烈了。

又过了许久，在一个晴朗的日子里面，有一条船在离岛不远的地方抛锚了，一只小艇朝岸边划来。阿斯顿非常高兴，总算是有救了，谁知小艇临近岸边又突然折回去，原来水手们被阿斯顿的形象给吓坏了，他们很害怕这个怪物。

阿斯顿大声的呼救，向水手们苦苦的哀求。这样子，这些水手才相信在他们眼前的并不是怪物，而是个人。于是，他们让他上船了，将把他带回欧洲。

故事讲到这里本来可以就这样子结束了，可是这个"鲁宾逊的化身"为了显示自己见多识广，也为了引出另外一个故事，他自言自语地说：为什么水手们会对阿斯顿表现出来那么大的恐惧呢？是因为在这一带航行的船员都晓得，在这一带的一些荒岛上居住了一种仇视外人、相貌很丑陋可怕的土著人。

一些横渡大西洋的船员们曾传出一个有具体地点、具体时间以及具体人名的故事。他们说到，大约在1515年，人们如果登上了荒凉的圣赫勒拿岛，就会看到一种怪物。它衣着褴褛，而且面孔是张狰狞的人脸，却没耳朵和鼻子。它总是和水手们保持着一定的距离。而水手们一看见它就会感到害怕，不敢靠近。

经过多次接触，人们发现了这个怪物并没伤害来人之意。相反的，在它每次消失前，总是将整桶淡水、蔬菜、水果、猪肉和羊肉奉献给客人们。水手们把这些食物装上了船就离开了。但是没有一个人胆敢接近这个又丑恶又善良的活物。

有一天，一条葡萄牙船的船长下定决心要将这件事彻底弄明白。他原来也以为这只不过是晚上水手们在后艉楼休息时候为了消遣随便说说的传说罢了。然而好奇心仍然让他决定将他的船停在圣赫勒拿岛。

船长在下船之前观察了一下海岸，果然见到有一个人影在放置食物，并以一块布打信号。所以船长命令朝海里放一只小艇。当小艇驶到岸边时，这个原来呆在那儿凝视着船只一动不动的活物——实在很难说是个人——突然藏到了矮树林后面去了。

船长由几个水手陪同，带着武器登上岛屿，就在怪物消失的矮树林里面搜索了一阵子，但是结果什么也没发现。

突然，一名水手在远离他们约五十米远的峭壁附近发现了一个很狭窄的洞穴，洞前面有一堆烧过的炭火。

船长向洞里走了几步，只见一片漆黑，后来终于在一个隐蔽的角落里面发现了一张非常可怕的面孔。

毫无疑问，这是个人，是一个被割掉了鼻子和耳朵的人。又脏又长的头发簇拥着这一张丑恶的面孔。

怪人看见船长，丝毫没害怕的样子，只是显得有一些惊讶。他们彼此对视着，沉默了好长时间之后，怪人操了葡萄牙语，以嘶哑缓慢的音调对船长说：

"你是来抓我的么？"

"我只是来瞧瞧你，你给我们食物，我对你致谢。你是葡萄牙人么？"

"你向基督发誓，你不是来抓我的！"

"当然了！你想做什么，你就可以做什么。不过，快些回答我，你为什么要呆在这里呢？"

"为了惩罚我的罪恶。"

"有那么重的罪恶吗？"

怪人点一点头，开始叙述起来。他的名字叫做费尔那奥·洛佩斯，是为了去印度果阿定居，所以才离开了葡萄牙。在 1510 年，果阿被阿尔比凯尔克占领，他按照他的习惯以最卑劣的暴戾对付居民。阿尔比凯尔克看到他的一些葡萄牙同胞们为了眼前利益改信伊斯兰教，就命令把他们的耳朵和鼻子割掉，还要将他们送回葡萄牙那里去。费尔那奥·洛佩斯是其中之一。

洛佩斯自从遭受酷刑以来不断地痛哭和悲叹。这不仅是因为肉体的痛苦，更主要的是他实在忍受不了要带着这样的残废身回葡萄牙去，过乞讨的生活，遭旁人的鄙视。

当载着这一些不幸者的船只，在圣赫勒拿岛停住的时候，洛佩斯抓住了一个机会逃走了，他隐蔽起来，一直等到船只走开。船长在开船之前发现有一名罪犯不见了，就在岛上面放了一些食物。他毫不怀疑洛佩斯将要在这个荒岛上慢慢死去。

但是，洛佩斯因为重新获得了自由，而且不再被回葡萄牙遭受耻辱的噩梦困扰。所以他重新得到了力量，他决心活下去，无论怎样也要活下去。

他在岛上发现了被海盗船遗弃的猪，山羊和一些农作物。他就苦心地饲养和种植。结果他不但没有被饿死，并且还有剩余的食物。这样子，他就决定接济过路的船，从而赎自己的罪恶。

“你在这里有多久了？”听得出了神的葡萄牙籍船长询问道。

“两年。”

“你不想回葡萄牙去吗？”

“我一点儿也不想回去。”

“我不能够勉强你。你既然为我们做了这么多好事情。我要给你留下一些水果和蔬菜的种子，还有几只母鸡。以后你将成为海员的救世主，他们会在大西洋里得到新鲜的食物。”

洛佩斯的饲养和耕作得到了发展。许多船长也越来越频繁地往来于圣赫勒拿岛，有一些人是路过这地方，有的是出于好奇心专门来的。所以，费尔那奥·洛佩斯的名字慢慢传开去了。连当时的葡萄牙国王也想见一见这位昔日的叛教徒，如今隐居于荒岛上面行善的好施者。

对于费尔那奥·洛佩斯来讲，国王在里斯本的接见，是对命运的一个嘲弄。他已经不是一个拖着铁锁链被押回到葡萄牙的罪犯，而是受到了当局正式接待的客人。国王公开对他的贡献表示了感谢。

国王对洛佩斯说到："你从今往后就留在葡萄牙吧！我将要下一道命令赏给你一笔足够的抚恤钱。"

洛佩斯婉言谢绝了国王的好意。

"你总不至于希望再回到圣赫勒拿岛上面去吧？"

但是，洛佩斯正是希望重新回他的岛上去。

国王对此实在是无法理解。他要求洛佩斯好好考虑，并在一个月之后再答复他。限期到了，洛佩斯依旧恳求出发。国王只能应允了，不过他对洛佩斯说："假如有一天你想放弃你的隐士生活了，葡萄牙将要热烈欢迎你。"

洛佩斯始终没放弃他的隐士生活。直到 1546 年他去世了为止。总共在圣赫勒拿岛上面居住了三十四年。从这以后，这个曾有名的鬼岛上再也没"怪物"了。

"鲁宾逊的化身"说到这儿，注视一下他的听众，年轻的帕皮诺的两只手交叉在胸前，身子斜靠在一株阔叶树的树干上，两眼直盯住他，一点儿倦意也没有。他的叔叔不知在什么时候站起身来，缓缓地来回踱步，不时地看着手表，朝着海面张望。这时候，"鲁宾逊的化身"只能准备结束自己的讲述，他讲道：

"以上我所介绍的塞尔科克·阿斯顿与洛佩斯都是真正的鲁宾逊。

"和他们一样，还有许多漂流到荒芜海岛上面的人，都会面临一个非常艰险的环境。他们要和恐怖、饥渴、忧郁、暴晒和寒冷斗争，甚至还要和孤独搏斗。

"不管是遭到风暴袭击的航海者，还是遇难的船员，他们都将荒芜的海岛看成是能让他们获得生存的唯一的救星。而海岛给予他们的，只有荒凉，艰辛和各种精神上、肉体上的折磨与痛苦，但是，与此同时也增长了他们的智慧，锻炼了他们的毅力，激发了他们的希望。

"正是这些人的艰苦的历程，才谱写了各式各样的关于海岛的传奇的故事。"

"鲁宾逊的化身"最后谦虚地说："先生们如果不嫌弃我絮叨，我非常欢迎你们下回再来此地重游，我将会乐意替您们效劳。"

无冕国王和隐藏的珍宝

两天之后，"联盟"号重新起锚扬帆，又踏入了新的航程。

一般来说，对风云的变幻，在海洋上面远航的人总是会比在陆地上生活的人要敏感很多。他们整天在海洋上漂荡，头顶上是无边无际的天，脚下是无边的海。只要天上掠过了一阵清风，海洋就开始翩翩起舞。只要天上出现了一块儿乌云，海洋就会迅速收起和善的面孔。他们因为长期生活在水天相连的世界里，所以练就了一套能够听到天空的轻微呼吸，能够触摸到海洋的脉搏跳动的本领。在风和日丽，晴空万里的那些日子里，他们看见海洋像是一个含情脉脉的少女，迎接着海风，披散着金光闪闪的长头发，轻声地在那里吟唱着深情的、发自肺腑的恋曲。在狂风怒吼、乌云密布的时候，他们看见海洋像一匹受惊的野马，呼啸着腾跃、奔跑，仿佛要踏碎、撞翻了它所遇到的一切。几个月以来，这种千变万化，十分富有诗意的海上的生活使帕皮诺着了迷。他深深地爱上了海洋，同时也非常热爱水手这项工作。

或许是他刚踏上生活的道路，对所有事都感觉新鲜的缘故，尽管在远航的漫长的日子里，他一点儿也不觉得单调乏味。他一点儿也不眷念都市的享乐与繁华。他只是觉得自己的心胸忽然宽阔了，空得很，大得很。他感觉到大自然的奥妙太丰富、太神奇了。甚至连每一个翻滚的浪花里都好像包含着一个哲理。

他的思想从没有像现在这样活跃，他的求知欲也从没像现在这样旺盛。他每天将洗刷甲板的工作做完以后，就贮立在船头，向远方眺望，静静地无限遐想，沉浸在大自然的奥妙之中。

但是，他更加向往的，还是那些个在海岛上面与大自然搏斗的人。他认为他们既非怨天尤人的懦夫，更非坐享其成的懒汉，也非守株待兔的白痴。他们中有些人为探寻大自然的奥秘而历尽艰险，他们的生活是多么的丰富啊！因此，他养成了这样一种习惯，总是不断地求他的叔父给他讲述有关于海岛和海洋的故事。

那是一个风平浪静的晚上，天空繁星闪烁。叔侄两人坐在缆绳的绞盘之上，叔父对着装满了的烟斗深深地吸了一口之后，便若有所思地说开了。随着他那富有魅力、深厚低沉的声音与抑扬顿挫的语调，帕皮诺非常快就进入到了故事情节当中。

那是在1793年的5月，一条法国的双桅战船"迪穆里埃"号在纪龙德水面之上航行。甲板上有非常多的年轻的共和国志愿兵，其中有一个第一次参加航行的见习水手，他是十八岁的若泽夫·卡布里。战船经过菲尼斯太尔海岬之后，向着波尔多驶去了。

这一天的早晨，"迪穆里埃"号意外地和英国舰队遭遇了。经过长期的炮击后，"迪穆里埃"号上面的船员全部沦为俘虏，被关在了朴利茅斯的平底趸船上面。

这个可怜的若泽夫·卡布里曾遐想过很多次，在波涛滚滚的大海上领略到海阔天空的自由航行的生活，他做梦也没有想到会这样被关在了暗无天日的闷罐子里面。他看不见海，整日待在里面只能听到内港传出的单调和让人厌烦的流水声。

三个月很快过去了，这真的是晦暗沉闷的三个月时间。逃跑吧！卡布里在脑子里想了很久，但是要怎么逃呢？首先要有一条小船才行啊！在这期间曾有几个水手成功逃跑了，但是，他们的结局如何，谁都不知道。

时光在流逝。被虱子和饥饿折磨的卡布里决心无论如何也要摆脱目前的困境。凑巧，突然有一天，俘虏们被带到了一个流亡的法国贵族军官跟前。

"我还给你们自由！"他对着大伙说，"我们大家都将要在英国舰队的帮助下，去法国海岸边登陆，攻打共和国。赶紧签字画押吧！你们都会得到自由的。"

这个时候的卡布里什么条件都乐意接受，只要可以不再在这个发霉的闷罐子里生活就可以。于是他报了名。

1795年7月16日夜晚，他乘船来到了魁勃隆。一登陆就投入了战斗当中，但没过多久，他们陷入了重重包围，被迫撤退了。卡布里以及他的同伴们一起撤到了一个阴暗的、子弹的呼哨声和叫喊声响成一片的海滩上。这时他真的很后悔不该来干这种事。所以他索性就跳入海中逃跑了。在他游了几个小时以后，遇到了一条正起锚的英国船，水手们把他救起来送到了英国。

之后，卡布里在英国过着无业海员的生活。有一次他得知一位名字叫克纳埃特的船长正打算要招一批人到南海捕鲸，并且进行探险考察的时候。他急忙赶到这条坚固的双层橡木捕鲸船。这个时候正需要物色伙伴的船长克纳埃特非常快接受了他。1796年春，捕鲸船远离了英国。

第二年，克纳埃特船长的捕鲸船在门多萨群岛碰到台风的袭击，触礁撞破了。劫后余生的若泽夫·卡布里与另一位名叫罗伯茨的英国人紧紧抓住了撞碎的甲板碎块在海面上漂流了大约二十多个小时。最后，终于漂到了一个小岛。他们筋疲力尽地登上了被太阳晒得很热的海滩，躲藏在那些稀落的棕榈树叶下面，很快就睡着了。等他们一觉醒来，突然发现了一些脸上和身上都画着花纹的黑人正围着他俩笑呢。原来若泽夫·卡布里和他的同伴变成了卡纳克人的俘虏。卡纳克人是南海探险人和商人们的克星，有很多人都死在了他们的祭石上。这种厄运马上降临到卡布里头上。卡布里亲眼看到了部落的君王在很多人的簇拥之下，走来打量着自己，然后向几个头目边说边打手势，意思是将他杀死，并且作为祭品放在帕利萨德山峰的山顶之上。

卡布里被单独关在一间草屋里，非常恐惧不安地等着他的行刑者。一天中午，一个头上插着很多羽毛的土著人走了过来，看起来像是个部落的头目。他打开了草屋门，后面跟着个光头的、脖子上套了护身符的年轻女子。他们长时间地看着卡布里，两个人前前后后地围着他转，一句话都没说就走出去了。

第二日，那个女子独自一个人又来了。她用双闪亮的眼睛盯着他看，还是一句话没说就走了。

第三天，几个人将卡布里从屋子里面带了出来，给他戴上了一些在藤蔓上连了各种形状的石子做成的装饰物，叫他参加一个轮换着跳舞和唱歌的仪式。这个时候卡布里想到，这肯定就是他死之前的一种仪式。可是出人意料的是，仪式之后卡布里还活着。而且君王从他的座位上面走下来，将卡布里的手与他女儿的手合起来。卡布里就是这个样子和君王的女儿结婚了。新娘正是到他草屋里去看他的那个女子。

又过了三日，卡布里接受了部落的风俗习惯，让人纹了身。从此他就与卡纳克人在一起生活了。不久后，在同邻近部落的战斗中，他立了大功劳，君王赞赏他的骁勇善战，指定他做为继承人。两年之后，卡布里改名叫卡布里利，变成了努库希瓦群岛的统治者。

这位昔日的波尔多水手治理非常严明，他在臣民之中很快树立了威信。但是他始终没有忘记自己的家乡。他经常十分殷勤地接待那些来努库希瓦的白人，他们当中大多数是捕鱼者。

1804 年 5 月，两个人把独木舟停靠在了努库希瓦群岛。这些就是进行了环球旅行的俄国的探险家克鲁先斯捷尔恩的"涅瓦"号和"娜杰佳"号。

卡布里利为在这些欧洲人面前炫耀自己的权力，举行了非常隆重的仪式来欢迎他们，并且亲自拜访克鲁先斯捷尔恩。他觉得能与一个有教养的人谈话和述说自己的历史是件值得荣幸与自豪的事。

克鲁先斯捷尔恩之前曾经邀请他上船，卡布里利则用盛大的宴会招待到来的客人。在宴会之上，卡布里利突然请求克鲁先斯捷尔恩送他回欧洲去。

"您想丢弃努库希瓦群岛么？"克鲁先斯捷尔恩惊讶地问他。

"不！"卡布里利回答道，"我打算引起法国政府对于努库希瓦群岛的浓厚兴趣。我想要得到物质上的帮助，进而开发这些个岛屿。"

"您不害怕您的臣民们忘记了您吗？"

"我起誓将要给他们带来昌盛和财富。如果有需要的话，他们会等十年。"

克鲁先斯捷尔恩开始还有些迟疑，但是后来终于接受他的要求。他的船在 1804 年 5 月 14 日扬帆起航了。

卡布里利真诚的希望引起法国政府对于努库希瓦群岛的兴趣。但同时也还有另外一个强烈的欲望鼓励着他，就是想用部落君王的地位炫耀自己，让人们来仰慕他这个昔日曾沦为俘虏的水手。

1806 年的 8 月 7 日，克鲁先斯捷尔恩在克朗斯塔德上岸了。卡布里随即到圣彼得堡去求见亚历山大一世。

卡布里又用了卡布里利这名字，住在郊区一个非常简陋的小旅馆里面。一连几个星期他都十分准时去皇宫里等候接见。

后来，沙皇对这小岛君王的固执要求觉得腻烦了，同时也可能是出于好奇就同意会见他几分钟。沙皇让他讲了自己的经历，当面答应他如有机会就把他送去法国。

在亚历山大一世和拿破仑签订和平协议之后，卡布里利认为时机已到，希望马上可以去巴黎。无奈沙皇却将他的事忘得一干二净的。努库希瓦群岛的君王为谋生不得不在彼得堡找到个游泳教练的工作。这个时候他有点儿懊悔，十分怀念南海岛屿上面和煦的阳光。

"还是回努库希瓦去……"

卡布里利几乎每天都在想念他的小岛。就像他过去与卡纳克人一块儿生活时怀念祖国的心情一样的。

可是他不得不要忍耐，因为俄国又与法国交战了。1817 年 6 月 26 日他回法国的理想才如愿以偿。

到了法国，卡布里利又重新恢复了他的君王的头衔。为了让人产生强烈印象，他的穿着十分像一个努库希瓦的土人。之后他去巴黎去求见路易十八。

经人介绍，里舍利厄公爵便安排了他去晋见路易十八。实际上接见的时间非常短，不过这个前水手看到自己受到的是个外国元首的礼遇时，就已经感到非常满意了。

至于想引起法国对于努库希瓦的兴趣这一点上，卡布里利的希望完全落空了。因为法国政府有很多别的问题亟待解决。大臣们只答应以后有船出海就送他回岛上。

卡布里受冷遇，处于失意落泊的境地里，这时候他才想起了自己的家乡波尔多。他决定回去看一看他的双亲。可是当他跨进旧日的宅院的时候，才晓得他的父母已双双去世。这样，他在法国既没钱，又没有了家，不得过上十分贫困的生活。时过境迁了，国王和大臣们早已把他遗忘了，返回他的王国的希望也就越来越渺茫。这时有个江湖骗子向他提出了建议，要让他穿着努库希瓦君王的衣服公开展览，并对他说到："你挣了钱，就可以回到努库希瓦去了。"

卡布里利是在走投无路的情况之下，也只能这样做了。这个被人称做"刺花国王"的人对着在看热闹的人群解释说道，他之所以决定要公开展览，都是为了购买工具去开垦他的王国。

这个"刺花国王"先是在巴黎，之后，又去法国北部各地的集市上面展览。

卡布里利忍辱负重，四处奔波，最终落到了受到命运摆布、无可奈何的地步。因为他渴望荣誉、渴望受到人尊重，他天真地期望着再度成为遥远岛国的君主。但他得到的却是人们对他的嘲弄和戏谑。尽管这样，他仍要活下去，支持他的唯一希望就是有那么一天，再回到那努库希瓦。但是，他的这一点期望好像过眼烟云，飘忽不见了。1824 年的 3 月，在一次展览完毕之后，他患了肺炎好几天卧床不起了。一个星期之后，卡布里终于怀抱着对他的岛国的深刻怀念离开了人间。

帕皮诺听完了这个故事之后便问道："从一个普通水手怎么就忽然间变成了一个国王，这样的事只是汲为个别的吧！"

"那也不见得，"他的叔父说到，"我还听过一个故事，说的是一个美国水手当上了个"无冕国王"。"

常常在南海上航行的那些水手们都晓得加罗林群岛的土著人是因凶残闻名的，但凡是落到他们手中的白人几乎无一幸免于难。

偏偏凑巧，1883 年 3 月，美国船"倍勒凡戴尔"号上面一名水手戴维德·奥吉夫遇难之后，躺在了加罗林群岛往西的雅浦岛的沙滩上，那儿有一个土著人的部落。在这个部落里有一种迷信，以为本部落的人去世之后，立刻就会在另外一种肤色的人身上获得再生。而奥吉夫正好是在他们部落君王快要死去时上岛的。因此，土著人发现他之后并没有处死他，而是把他带回了村庄。他们认为这位来自海上的神秘的白人就是天上降临的一位非常值得尊敬的君王的化身。他们就像尊重将要去世的君王似的尊重奥吉夫。奥吉夫在雅浦岛上面居住久了，也已经习惯了当地的生活了。尽管他在美国有妻室，但他仍然和若泽夫·卡布里一样同部落君王的女儿结婚了。

君王临终的时候，指定戴维德·奥吉夫是雅浦岛上的君王。从那个时候起，他一边治理这个小岛，一面却又尽力地钻营，想积累一大笔财产。当一只走私的双桅帆船出现在大海的水平线上的时候，奥吉夫乘了一只独木船去和双桅船的船长联系。他请求船长帮他出卖螺钿、珍珠以及干椰肉。船长同意了。从此以后，雅浦岛就成了南海一带的冒险家的集散地。

过去了十八年之后，奥吉夫发了一大笔财。他非常思念家乡，就下定决心返回美国待一段时间。他于是踏上了一条停靠在雅浦岛准备驶往香港的大帆船。因为到了中国，所以他就更容易乘船去旧金山了。

按旅程计算，奥吉夫理论上应该是在 1902 年 2 月到了香港。但是谁也没有见到他。起初人们猜他遇到了直接开向旧金山的豪华大帆船。但是几个月都过去了还是杳无音信。人们又猜他碰上台风遇难了。

一年之后，旧金山法院突然收到了一份奥吉夫合法的遗孀的诉状。这个女人原本以为丈夫已经死了，后来突然接到了一位海员转来的信件。信上面说他丈夫在雅浦岛上还活着，并且把他的具体归期通知了她。

但是，却一直没见到人回来。奥吉夫夫人推测他的丈夫已经不在人世了，于是提出申诉来要求得到他丈夫在雅浦岛上拥有的财产。

一年之后，雅浦岛上替代戴维德·奥吉夫的新君主得知这一起诉以后，声称这个美国水手已带走了他几乎所有的一切。不过他表明，如果奥吉夫的妻子希望来到雅浦岛生活的话，可以养她。奥吉夫的妻子想要得到一笔财产的期望落空了。她考虑到雅浦岛在千里迢迢之外，远在天涯。因此撤回了起诉，也没到雅浦岛去。

戴维德·奥吉夫的确是带走了他所有一切。他在雅浦岛上经营了近二十年，积攒了很多很多钱。他用这些钱从走私贩手中以低价收购了大量珍贵的宝石、首饰、钻石以及翡翠等等。他的黑买卖愈做愈大。一方面，一些偷窃、抢劫来的财宝在他这里销赃；另一方面，他又通过一些船只将这些珍宝转卖了出去，从中谋利。这一带的走私客、冒险家都知道奥吉夫的名字，称他无冕国王。他拥有的财富多得甚至不少于一个欧洲君王。

当他有了想要返回故乡去探望亲人的想法时，究竟如何处置这笔巨额财富成了一个巨大问题。奥吉夫踌躇多日想不到一个办法。如果留在岛上面，他担心会被那么多经常往来的走私客抢走；如果全都带回自己的故乡，又因夜长梦多、路程遥远，万一中途遇难或走漏风声就会弄得最后人财两亡。

他有一位密友戈耶来建议他将这批珍宝带向香港。寄存在他的兄弟在港开的一家珠宝店里面，待价出卖。奥吉夫由那边再去美国。假如奥吉夫需要钱用，还可向香港方面取。正好戈耶的帆船立刻就要出发开去香港，奥吉夫非常高兴地同意了这个方案。他同戈耶各自拿了一只沉重的皮箱，踏上征途。

无冕国王奥吉夫出走了的消息，还是传出去了。就在戈耶的帆船起航之后的第三天早上，戈耶看到有条双桅帆船迎面直驶过来。他揉了一下眼睛，看见桅杆上飘着一面印着骷髅的旗。他知道大事不好了，正准备要去找奥吉夫商量对策。突然，本艘船上的一个水手把单帆绳索弄断了，帆迅速掉落下来，船速逐渐减慢。海盗船很快就赶上了他们。

这时海盗船放出了一只小艇。艇上站了三个魁梧大汉，他们上了船之后，一个好像是小头目的人向戈耶奔来，他抽出马刀来，逼问奥吉夫在不在船上面。戈耶本想把这些搪塞过去，但是那个落帆的水手都将奥吉夫的身份和箱子的事对另一个汉子密报了。

于是海盗们先把戈耶和奥吉夫绑起来，然后就搜出了那两只装了财宝的箱子。小头目便命令一人把船上的四名水手押回了海盗船上。他和另外一个汉子来到戈耶和奥吉夫的面前，又紧了紧绑，之后在船上面、戈耶和奥吉夫的身上都浇了汽油。等到海盗船的小艇返回去时，他们点燃了火之后上了小艇。瞬间帆船变成了一个火球，越烧越旺了。残暴的海盗带了财宝向着附近的一个小岛上划去。

无冕国王奥吉夫就这样失踪了，死去了。但他的那笔财宝却仍隐藏在海洋深处的某个小岛的某个洞穴里。

讲到这里，帕皮诺立即问道：“叔父，那就是传说当中的宝藏岛吗？”

“是的，”叔父说到，“不过，孩子！你知道么？世界上有两类财富。一种是银、珠宝、金以及稀有的玉石等等，这是种看得到的物质财富。自从十五世纪以来，不知道有多少人曾远涉重洋进行探宝活动。虽然他们的结局并不都很乐观，然而他们之中有一些人献身探险事业，向大自然作了系统周密的探索，从而替人类认识宇宙与地球的奥秘做了伟大贡献，是他们将另一种无形的精神财富——知识供献给了人类。1651 年出生的威廉·丹皮尔就是这么一个人，他早年是以海盗的身份开始自己的冒险事业的。在他一生的经历中，他以非常敏锐的观察力注意每一种新植物或者树木，并且以非常细腻的文笔描述了自然的景物，包括它们的颜色与形状。他所写的《风论》成了气象学的一部经典的著作，他对水文学和地磁学也有相当大的贡献。另外卡伯特，夏尔丹，博迪埃等人的探险航行，对大革命以前法国一般的学术发展也都有很大的推动作用。"

"所以啊，孩子！"帕皮诺的叔父停顿一下又接着说到，"我讲一些宝藏岛的故事，是想要通过这些传说让你了解到更多的有关于自然地理的相关知识。我现在给你讲几个有关于宝藏岛的故事。"

这件事发生在离哥斯达黎加六百公里的科科斯群岛上。那是 1845 年 3 月，一条来自西班牙三桅船的船长向着一个刚刚捞上来的溺水者俯下身去。溺水者正躺在三桅船的甲板上面像是耗尽了力气，奄奄一息，两只手紧紧抓住一根圆木。

"珍宝……不能够让它跑了！……"他不时低声嘟囔一些不完全的句子，反复不断地提到"珍宝"这个词语。

"他是在说梦话吧！"一名水手说到。

船长让这脱险人安静下来，有话慢慢说。可他发音微弱，难以听清讲的是什么。

船长在这一带海域已经航行了许多年，他熟悉这个拥有蓝色山顶，高耸在海面之上的科科斯群岛。他之前早已听到有一种传说，声称在那儿埋藏着珍宝。所以船长一定要弄清这水手的底细，更何况他好像与这个岛有关呢！

珍宝和海岛的传说也不全是无稽之谈。像同丹尼尔·迪福用鲁宾逊、克鲁兹作为主人公而撰写的小说似的，罗伯特·路易斯·斯蒂文森写的著作《宝岛》也是有着事实依据的。

在过去的三百多年里，海盗们专门抢劫从美洲开向欧洲的"黄金船队"。每次的袭击成功，那些海盗们都面临了一个很难解决的问题——如何将他们的抢掠物安全隐藏起来。

　　如果他们选一个人人皆知的港口，那么战舰就会很快把港口封锁起来。所以，他们必须去寻觅一个非常秘密的洞穴。如果有可能的话，就寻一个地图上寻不到的、在海洋上面不为人知的小岛，将他们的赃物存放在那儿。那些藏了昂贵的金属餐具、银块、金条、玉石和首饰的箱子一般都是细心埋在隐蔽好的岩洞里面，只有头目与几个同伙知道。

　　然而常常是海盗们还没来得及拿出自己的赃物就被抓捕了。所以，至今在很多遥远的、以及十分荒凉的岛上还埋着冒险家与探宝者梦寐以求的宝贝。

　　据传言，科科斯岛就是这类岛屿中的一个。所以，西班牙三桅船的船长碰到这个神秘的溺水人以后，就毫不怀疑地去这样认为，这个人一定是参加了一次计划找宝的活动。

　　当这个落水者再一次醒来的时候，他告诉船长他叫作基汀，在沿海经商。他的船只在科科斯的一个暗礁上面搁浅了，船被撞碎沉没了，他是船上面唯一还活着的人。

　　"当人们将你救上来时，"船长说到，"你念着玉石、珍宝……"

　　"我丧失神志了，"基汀说到，"我是在讲胡话。"

　　"可你怎样解释这些词会从你嘴里说出来呢？"

　　基汀犹豫了一下："我想是因为在遇难之前，我们开玩笑的时候说到了科科斯岛上的珍宝。"基汀用一种肯定的语气又加上了一句，"这只是一个神话。"

　　"一个神话？"船长怀疑地注视着他。

　　"不是么？"

　　"谁又知道呢……"船长低声说道。

　　"你还不相信吗？……"

　　"我一点儿也不信。一百年之前，海盗们常常到这个岛上面来。"

　　"为什么你硬要说那里藏了珍宝呢？"

　　"我认为这很有可能。但是假如只有一地，那是很难发现的。你想一想海盗们是非常谨慎的啊！"

　　基汀耸一耸肩，表现出十分不信服的神态。船长也不坚持，但他能确定基汀没有说真话。事实上，这个基汀的确是一个探宝者，而且他在落水之前就已经发现了宝贝。

基汀是纽芬兰新开垦地的一个加拿大人。他在一个老海员那儿得到了一张标明宝藏的详细地图。于是他与几个人结伙，准备了一只船去寻宝。至于这寻宝的过程是他和一个伙伴的一席谈话里面透露的。

"我找到了宝贝，"基汀对那个人说，"不过更应确切地说，我曾找到过珍宝。"

"那你为什么不将它带来呢？"

他的脸色变得阴沉了："我船上面的那些人都是靠不住的。在我们抵达这片海域的第二天他们就开始造反了，将我和我的朋友布罗格监禁起来了。"

"水手们要做什么呢？"

"当然是想要分享珍宝啰！我可以同意他们，但我怀疑找到宝贝以后，他们会将我们杀死。"

"有一个夜晚，当他们都喝得酩酊大醉的时候，我同布罗格一起从一个舷窗口逃出来，乘捕鲸小船上了小岛。拂晓时，我们开始找寻。地图上的说明还是非常清楚的，在中午之前……"

中午之前，基汀和布罗格就发现了藏在了科科斯岛上的宝贝。他们顺利地取出宝藏来，上了船就准备去往哥斯达黎加。可是不料他们刚走了一海里，船壳就碰上高齐水面的岩石，船被撞破了，沉入了海底。几个小时之后，基汀被来自西班牙的三桅船捞起来，而布罗格已沉入海底。

基汀的叙述，既没人证，也没有什么物证。因此在科科斯岛上面究竟有没有宝藏，始终是个谜。尽管如此，去向科科斯岛探宝的人们还是络绎不绝。

在哥斯达黎加的码头之上，每一年都会碰到些满脸兴奋的人。他们请求用船送他们去科科斯岛。他们去的目的根本无需多问，是金子在刺激着他们的狂热。一批人才刚刚离开，另一批人又接踵而至。他们大多数没有足够多的工具去探察。他们都是怀着想要中彩的侥幸心理来科科斯岛的。

在 1848 年，估计共有一百多人在科科斯岛上登陆，而他们都是被累得筋疲力尽而离开，有的人甚至是倾家荡产。他们虽然都是以失败而结束。但他们的眼里，仍旧闪灼着探宝者期待的眼光。

为了便于拿宝，藏宝的人都曾绘过宝藏图。

一位伦敦的律师 E·F·纳埃特有一张宝藏图。那个宝藏是在距离里约热内卢约有一千二百公里远的特立尼达。

特立尼达是块火山岩，在那儿竖立着很多阴森黑暗的岩峰。滚滚海浪在海岸边上轰隆作响，使每个想登岸的人都心惊肉跳。所以一直没有人在那里登陆。有些葡萄牙人曾经想过在那儿住下来，但是很快就放弃了这念头。

纳埃特早就听说有一笔抢掠秘鲁教堂得来的财富藏在岛的中心，从1820 年以来就一直等待有胆量的人去攫取。

纳埃特是不缺胆量的。他有一艘既结实又精致的汽艇"警戒"号，他只需要物色参与这项行动的伙伴就行。曾经有一百多人毛遂自荐，但是纳埃特只挑了九名就出发了。

1889 年的 11 月 20 日，"警戒"号停在岛南面唯一一个可以接近的海湾里面。第二天便扎营、上岸，马上投入了战斗。很快的，他们发现岛上面还有其它的发掘者。他们铲的铲、挖的挖，相互严密监视，经常为了一块地段争执，甚至是动武。

寻宝是件充满幻想、期望而又令人激动的事，亦是一项十分辛苦的劳动。纳埃特与他的同伙在恶劣的气候条件下，用锹和镐移动成吨的碎石和土。他们一边劳动，一边察看宝藏图，挖掘工作不停地向前推进。最后他们终于到了藏宝的岩洞。他们先发现了一个岩洞，接着是第二个，第三个，但洞里全都是空空的。到底是因为宝藏图不真实，还是因为有人已攫取了珍宝呢？谁也不晓得。

"警戒"号只能扫兴离去，特立尼达岛的阴影与它的神秘一起隐没在了大海的深处。

人们对于探宝的消息往往是十分敏感的。

1894 年，法国殖民地部的部长接到了一封来自福蒂尔总督向塔希提岛发过来的信，信上写道说："在帕皮提盛传着一件事，即有些人租了一只'絮扎纳'号双桅帆船，要到皮纳基岛探寻大约价值四千三百万法郎的宝贝。"

在大洋洲与它的群岛上面，人们过着丰衣足食、无忧无虑的生活。但是那些爱财的狂热好像瘟疫一般在这些岛上开始蔓延。塔希提岛的总督十分担心这些人发起的、在离开塔希提岛大约六百海里的皮纳基岛上面的这次探宝。因为皮纳基是法国领土，这将牵涉到一个捍卫法国对于这笔宝藏的所有权的问题了。

福蒂尔总督是怎样知道这件事情的呢？原来有个名叫霍沃的人，由于一个偶然的机会了解到这批宝贝的秘密。他得知 1854 年在运送这一批来自巴拉圭教堂的宝贝时，船上的一些造反者将它们偷偷埋了起来。霍沃劝说了好几个外国人入伙，在他和塔希提人商议租用"絮扎纳"号的时候，又不小心被一位官员知道了，而且他还看到霍沃拍着胸脯讲他的探宝计划绝对不会失败的。

福蒂尔总督将寄向巴黎的信发出之后，就出发去巡视群岛了。在他走了几天之后，一位职员跑进了代理总督工作的秘书长的办公室。

"正像我们所料，'絮扎纳'号已开航。"

秘书长以为时间急迫，探宝者很有可能会人不知鬼不觉地在十分荒芜的皮纳基珊瑚岛上面取出财宝，而且并不付法国那份应付的份额。

他感到焦虑，巴黎方面至今还没有发过来任何指示。

"用什么办法能及时阻止这些人取宝呢？"秘书长喃喃自语地说到。

"那派'热忱'号去吧……"一位职员提议。

"热忱"号就是塔希提岛警卫海域的一艘护卫舰。但目前这条船正在巡航中。

"'热忱'号可能要半个月之后才能返回，"秘书长说到，"这太迟了吧！"

这个时候他急需一条船，而"热忱"号恰恰又不在，所以，他决定派宪兵队长夫罗芒坦一行三人作为法国驻皮纳基代表同"圣·米谢尔"号邮船一块儿前去。

当天的晚上，"圣·米谢尔"号就启航了。三天之后，邮船接近了皮纳基。夫罗芒坦很满意地吁了一口气，他们赶在了"絮扎纳"号的前面了。这时候，珊瑚岛上面一片荒凉。

三个宪兵搭起了帐篷，再留下了一些吃的东西与四大桶水。接着，"圣·米谢尔"就走了。

夫罗芒坦队长所接受到的指示是很含糊的。实际上就是赶在探宝者之前到那里，以方便通知他们不能上岸。由于"絮扎纳"号在"圣·米谢尔"号之前出发，所以他们不能够有一点儿耽搁。

宪兵们到达了皮纳基以后，无论下雨还是晴天，他们都围绕着看不到的宝藏坚持警戒，日复一日的，小心谨慎地监视海面，但是始终没看见一条船。

大约一个星期过去后，他们开始有一点儿忐忑不安了。食物愈来愈少，眼看着饮用的水也没了。

在塔希提岛上呢，人们正以奚落的口吻议论着这三个宪兵的冒失行动，讲他们是这一次猎宝的间接受害者。后来啊，时间一长，嘲弄就变成了不安。假如补给不能够及时送去，喜剧就会变成了悲剧。

福蒂尔总督归来了。他指责他的下属实在是太过鲁莽，指示马上设法为珊瑚岛上的警卫送补给去。

随着时间推移，情况越来越紧急，人们估计一个星期左右，宪兵们就将断水绝粮。

一天晚上，一条双桅帆船停在停泊场。人们认出了这是"絮扎纳"号。

"你们是打皮纳基来的么？"人们问船长。

"不是的！我们是去寻找椰干肉的。"

人们惊愕地互相看着对方。

"你们的船之前不是租给一个想去皮纳基寻宝的霍沃了吗？"

"你说霍沃么？是的，他和我联系过，但是什么都还没有确定啊！"

总督闻讯更加焦急了，正打算派"絮扎纳"号去救援那三个执行检查船舶的任务的宪兵的时候，"热忱"号抵达了。

总督立即命"热忱"号马上出发去给皮纳基送补给品。

1894年的3月25日，"热忱"号终于缓缓停靠在了珊瑚岛边。三声汽笛划破了寂静的天空。当从望远镜里面看去，人们只看见一个帐篷，可是连一个人影也没有。

水手们跳上温暖而又柔软的沙滩，走入帐篷一看，三个宪兵都躺在那里，已虚弱得不能够动弹了。

"你们来得可真是时候啊，"夫罗芒坦低声说到，"已经有整整一天没水了……"

霍沃倒也没放弃他的计划，但战争却阻止了他。

1905 年 1 月初的时候——这次他特别注意合法的行动——他请求殖民地部的部长允许他去皮纳基取回金条。他同意将会给法国政府这一笔价值九千万法郎的宝贝的三分之一。

在第二年的时候，法国驻华盛顿大使收到了一个相似的请求。这次请求是被一个美国人叫做马克·I·阿当姆斯发出来的。他比霍沃的估计更乐观一些，他认为皮纳基的金子的得值六千万美元。

霍沃与阿当姆斯两人都得到了许可证，但皮纳基始终藏着自己的秘密。一直到今天，还没一个人从皮纳基岛、加拉帕戈斯群岛、科科斯岛、马里亚纳群岛以及特立尼达岛取回一个银盘，一根金条以及一颗宝石。

但却还是有人相信在这些岛上面藏有珍宝。

"到底有没有呢？"

对于这一个问题，只有那个始终沉默的海岛才能够给予回答。

幽灵岛

重叠的云层好像一片空中草原，在俯视波涛起伏的青蓝色河谷。在这个水天一色、并且无边荒漠的空间里面，不禁令人产生了一种从未有过的真正的孤独感觉。

一层暗灰色的纱幔罩着这与世隔绝的无垠的空间。在一望无际的海上出现了一个小黑点儿。这黑点儿在灰白色的光线之中越来越清晰，越来越浓黑。最后，终于在海洋上呈现出一条正在缓缓航行的一艘三桅帆船。这是"联盟"号。

"联盟"号船的船长苏纳斯正坐在船长室里面，他面前的桌子上有个银制的烟缸，上面还横放着一支燃着的雪茄。苏纳斯用右手指十分有节奏地敲击着椅子的扶手，两只眼睛凝视窗外的晨雾，脑子里正重温他离开智利的蒙特港前，博纳经理对他的叮嘱。

博纳新交给苏纳斯的任务就是要重新测定道乌尔蒂岛的位置，再顺便对它附近海域的几个神秘岛做些探测。

博纳在递给他一本航海日记的时候对他说到，道乌尔蒂岛是位船长在1841 年捕鲸的时候偶然发现的一个盛产海豹的岛。后来这个岛就用这位船长的名字命了名。岛的大小和位置都有十分详细的记载。岛北面凸起着一个光秃秃的小山，中部是个覆盖了白雪的河谷。

航海日记上记载很明了：这位船长发现该岛前四十年的时候，即在1801 年，几个捕海豹的猎人曾经在这个岛上狩猎了好几个星期。而在发现该岛十八年之后，即在 1859 年，一条捕鲸船船长围着这个岛绕了一圈儿，证实了道乌尔蒂之前的观察。同年，有两名捕海豹的猎人在那里住了三天。他们都曾经说在岛的沿岸生活着许多海豹。

博纳说到这里，站起身来，在屋子里不停地来回踱步，沉默了一会儿他接着说，在最近几年内，不少人不断反映这个岛已消失。

"你心里清楚！"博纳继续向苏纳斯说，"道乌尔蒂位置已被多次确定，而且有说明，有图，情况也全都是符合的。这个岛不可能和薄雾里的沙洲互相混淆，更不可能是个幻觉，至于有关于消失了的说法，我看这应该是他们计算上的一些差错。你现在船上面的货已全都卸完了，所以我们决定委派你的"联盟"号船去一趟，认真测定一下这岛的位置，之后再拍几张照片。这岛是盛产海豹的地方，没准儿我们还可出版一本关于这种毛皮光滑、短脖子的海豹生长繁殖相关的小册子，向有关部门提供第一手的材料呢！"

苏纳斯船长想到这儿，便拿起航海日记，翻到了有关道乌尔蒂岛的那一页，仔细地看了这个岛的位置图和文字记载之后，就自言自语说：不管怎么样吧，我目前的职责就是到那儿去！

"联盟"号连续在海上航行了五天的时间，最后到地图标明的乌尔蒂岛的位置上停了下来。苏纳斯注视着那些起伏的巨浪，他相信自己的计算肯定没错，岛应该在这里。然而用肉眼看，除波涛滚滚的海洋之外，什么都看不见。

　　苏纳斯命令进行勘探，此处深度为四千二百一十八米。这时候，天气非常晴朗，瞭望的水手并没有发现海面上有任何的海岸以及陆地的迹象，甚至连一点儿阴影也没有。苏纳斯这时候才真心感到这次任务的潜在艰巨性。假如连岛屿的影子都找不到，又怎么能测定位置呢？这时候，夜幕已经悄悄降临，他只得命二副驾船朝附近的一个小岛开去。

　　"联盟"号停的这个小岛，是这一带的捕鲸船补充淡水的一个集散地点。第二天黎明的时候，岸边已停了四、五条捕鲸船。这一日，苏纳斯船长睡了一天觉。吃完晚餐之后，他便上了岸，口里还含着雪茄，一边在海滩漫步，一边盘算如何进行下一步的行动。

　　这时候，苏纳斯看到两个人坐在一株大树下谈话，便赶紧凑上去询问道：

　　"朋友！你们运气怎样？你们捕过海豹么？"苏纳斯问着，同时在他们身边坐下。

　　"什么？捕海豹？这不是一件容易的事啊！首先你得要知道哪儿有海豹。"其中的一个年长者搭了腔回答，"假如你想询问别人哪里有海豹，那么，你肯定一辈子都捕不到海豹。我年轻的时候就听到人说过，捕海豹的人回来时，当别人去问起他的收获，他总说非常糟糕。这就是为了避免暴露能够捕获到海豹的地方。一位捕海豹的猎人，如果他新发现了一个海豹出没的地方，就一定会保密，否则竞争者会立刻利用这个地方的。"

　　"我还听我的父亲讲过，在他三十岁的那年，他跟随一个很有经验的船长，曾经去过一个名字叫道乌尔蒂的岛屿。那时南半球正处于隆冬季节。等他们返航时，带回了满满一船海豹皮与油罐……"

　　"我也听说了道乌尔蒂岛。"另一个人也插进来讲道，"那可是个捉摸不定的非常奇怪的岛，它像个顽皮的孩子似的，在海上玩儿捉迷藏，一会儿出现了，一会儿又无踪无影。据说过去有人还画过了位置图。可是近些年来，很多捕海豹的猎人都想要去碰一碰运气，按图去寻找，可是就是找不见。"

　　"找不到？这有什么好奇怪的。那些猎人尽管都是一些好水手，可是他们也不是只凭六分仪航行就成的。假如碰上阴天，观察不到星辰和太阳，就只能靠自己推测。你想一想，依靠这种方法在波涛汹涌的大海上寻找一个很小的岛屿，能够找得着吗？”

“我的朋友！你说得不完全对，因为我曾经听说了，在 1904 年有一位名字叫罗伯特·法尔孔·斯科特的英国人驾驶着‘新地’号到南极洲途经道乌尔蒂时候，就曾经勘察过那里。他的船上面各种仪器都很齐备，他们在那位置上转了大约两天，也没找到。五年之后，去南极远征的英国的探险家夏克勒顿乘‘尼姆罗德’号也去探查过这个岛，除看见翻腾的浪花之外，什么都没有看见。后来他对人讲，可能是定位弄错了的原因。”

“你说定位弄错了，我倒听见一个人说了这话。那是一个捕鲸船船长勃尔。他讲斯科特和夏克勒顿没找到道乌尔蒂岛是因为地图上标错了位置。勃尔曾见到过一位拥有道乌尔蒂岛真实的位置图的人。那人曾断言，对那些否认这个岛存在的人，他愿意以全部中国茶叶的收成来打赌。勃尔有心去碰一碰运气，于是花钱把那份图买了下来。”

“现在这张图在哪里？勃尔在哪里？”苏纳斯船长聚精会神地听着他们的谈话已有好半天了，他一直没有敢打岔，生怕打断了他们的话。可这时他终于十分急不可耐地插问了。

“别着急啊，你们听我慢慢讲。勃尔曾经想组织一个公司，他鼓动这些有钱人投资，反复地苦口婆心对他们说，他一定能找到道乌尔蒂岛，而这些未来的股东们老是犹豫不决。勃尔到处奔走，企图用令人垂涎的利润来吸引人。可是仍然没有得到积极的结果。他感到非常失望，只能把道乌尔蒂岛的秘密留下给了自己。”

“现在勃尔在哪里？”苏纳斯又追问了一句话。

“三个月之前离开了这里，向南航行了。”

苏纳斯好像看到，有一只色彩绚丽的气球朝他飘过来了，可是当他一伸手准备要去抓时，却没抓住。气球又从他的眼前飘走了，慢慢地飞向了天边。他站起身子来，若有所失地朝大海望去。

这时，一轮红日像一个大圆盘似的搁在海平面上。已经是黄昏时候，晚霞映照在苏纳斯脸上呈现出暗红的色彩。就在这时候，他忽然看到从远处的海面上出现了个帆影。接着桅杆，那艘船身也能够看清了。这是一条捕鲸船在返航了。苏纳斯船长便下意识地跑向岸边。他希望这条船尽快靠岸。

　　过了一会儿，船靠岸了，苏纳斯找到那只船的船长，便问他：

　　"请问您是勃尔船长么?"

　　"不! 我不是勃尔。我名叫方丹。您认识勃尔吗?" 方丹反问苏纳斯到。

　　"不! 我是想要找他打听件东西。"

　　"什么东西啊?"

　　"什么东西也不是，只是一张图。"

　　"啊! 是这样的，先生! 您能具体告诉我，您是谁么?"

　　"当然可以了，我是'联盟'号的船长苏纳斯。"

　　"那好吧，先生，我就将事情的经过告诉你吧! 三天之前，我的船正在海上航行。我用望远镜看到远方有一个黑点，慢慢地才看清了是根折断了的桅杆。一个人抱着半截桅杆在海上随波漂流。我们把他打捞了上来，只见他脉搏微弱、面色苍白，看样子是快不行了。他勉强睁开眼望着我，用那些颤抖的手指向他的胸前，我明白了，立即从他的胸前掏出个小布包，里面还包着张图。他断断续续地对我说，他叫勃尔，这张图关系到能寻找一个捕海豹的猎区。他已不行了，根本没有这个权利带着这个秘密去死，希望我之后交给一个需要它的人。说完后他就咽气了。想不到没有隔多久，我就碰到您了，先生! 您说过您要打听一张图是吗?"

　　"是啊，我需要这张图。您说需要多大代价才能换取这张图呢?"

　　"不! 船长先生，您只要需要就足够了。我可以立刻拿来给您。您不必支付任何报酬。"

　　"非常感谢，愿上帝保佑您。" 苏纳斯非常感动地说。

　　苏纳斯接过来那张图，再一次十分深切地感谢了方丹，随后便高兴地回到船上。

　　他把这张图与航海日记相互校对了一下，确实是不一样，它是在原来的位置以东一百五十海里的地点。

　　苏纳斯船长放下了图，然后轻松地躺在安乐椅上面，他眯缝着眼睛，望着海面上漆黑的夜空。他好像觉得自己坐在剧场里，眼前有一幅墨绿色的帷幕正徐徐开启，在中间绽开一条缝，从里面露出了一道耀眼的白光……

第二天的清晨，苏纳斯船长指挥着"联盟"号起航了。他亲自拨正航向，叫轮机长开足马力。苏纳斯船长迫不及待地希望这次能够发现这个给他带来无穷的苦恼的岛屿。

"联盟"号的速度不快，它需要大约三十小时才能够到达勃尔那张图上标出的地方。在翌日清晨三时，苏纳斯船长让减速。船离岛的所在地点不远了。可是，因为黑暗将大海和天空笼罩得很严实，人们什么都看不见，船上所有人都在黑暗中找寻，都想第一个认出来这个岛。

这个时候，每个人希望发现的好像不是一个乱石嶙峋的荒岛，而是吸引他们长久觊觎的水晶迷宫。他们焦急地等待着那一时刻的到来。

终于，东方出现一丝灰白色的曙光，赶走了最后几颗星星。苏纳斯便拿起望远镜，认真地扫视了一遍海面、俯下身子去看那张图，随即下命令缓慢前进。还有大约三海里、二海里……岛屿应该要清晰了。还有一海里了……

天已经大亮了，跟前是一片波澜起伏的海洋，澎湃汹涌的浪涛拍打着船舷，但一点儿岛屿的影子也没有，苏纳斯船长站在甲板上，向着大海高喊了两声儿："道乌尔蒂，道乌尔蒂！"声响被大海吞没了，久久的、久久的没有一点儿回音。这个时候，太阳好像蒙上了一条卷云般的纱带，透出了一束散射的光芒，呈现出一个虚幻的景象。

"联盟"号的任务不只是要为道乌尔蒂岛去定位，并且还要探测那三个神秘岛：林赛岛、布韦岛和汤帕森岛。但由于对道乌尔蒂岛一再的扑空，弄得苏纳斯船长又疲惫、又困惑。在这同时，他也发现了这次准备工作太差，接受任务太仓促，对南海的知识又非常贫乏，假如坚持下去，就可能不仅荒废时光，而且得不偿失。所以他毅然决定返航了。

苏纳斯船长回到了蒙特港向博纳作了相应汇报，并且提出应加强对有关情况的调研，以后选择时机再去探查。博纳接受了他的意见，并且希望他能提供获取有关的资料的线索。苏纳斯在那里思索了一会儿，想起了他的一位老同学格莱兹教授。这个格莱兹曾经在澳大利亚设在南极的一个基地工作过很多年，现正在挪威奥斯陆海洋学院里任教。苏纳斯得到了博纳的同意后，乘飞机到了奥斯陆。当他到这个学院的时候，格莱兹正好在课堂上讲课。于是苏纳斯就在后排坐了下来。他注意到了大家都在聚精会神地听着格莱兹教授有条不紊地叙述。

只听他讲到：大洋里除了道汤帕森、乌尔蒂，林赛以及布韦这些岛之外，还有其它的幽灵岛。比方新西兰以南的翡翠岛是 1821 年的 12 月 13 日被努克尔斯船长所发现的，他还做过十分详细的描绘，但在 1909 年夏克勒顿去寻找的时候就没有发现它。1821 年所发现的尼姆罗德群岛也是属于不可捉摸的幽灵岛。比较出名的幽灵岛还有雅尔迪诺群岛和奥罗拉岛。

就是那些在海洋之中出没无常、时隐时现的、幽灵般的岛屿更增加了海洋的魅力。幽灵岛在一方面使人烦躁、困惑、而且百思不得其解；另外一方面却又不断地鼓励人们对它包藏的奥秘进行着不屈不挠的探索。

好几个世纪以来，人们一直不断地进行着探索，认识到了幽灵岛的消失和出现的原因可以归结为如下几个方面。

第一是假象造成的原因。比方说，有人将一座巨大的冰山误以为是岛屿，也或者因为浮现在海面上的云层所造成的一块大陆的假象，甚至可能是由于海市蜃楼一般的幻景所制造的错觉。

其次是海员们或探险者在定位时发生的错误。最明显的例子是所罗门群岛。它是在 1568 年由阿尔瓦雷斯·德·门丹纳所发现的。27 年之后，一个开发这个新地区的远征队出发了，却始终没有找到这个群岛，可能是因为当时还没秒表，所以就造成了经度的错误。直到十八世纪末期，人们才确定是所罗门群岛。

岛屿受到地壳激变的影响也是幽灵岛出现的原因之一。这样规模的地壳激变，一般说起来，地震仪是能够测出来的，至少也会以海啸的方式表现出来。

再有就是将岛屿与冰山混淆起来。那是因为冰山上面也会有岩石与土地的迹象。所以，渔民们即便是登上冰山，也有可能将它们误认为是岛屿。

有的幽灵岛是由海底潜流冲走的那些泥沙所形成的。在海底下，这类泥沙堆积起来就形成真正的海底的沙洲。然后因为水压的驱赶，它们又重新上升了，露出了水面，有时候几天后就崩溃消失了。

但是，无论怎样都不能草率地做出一个岛屿不存在的结论。比方1808 年被人发现的林赛岛随即消失，再经过一百多年后，即 1932 年，它又在南纬 54°，东经 2°41′的地方重新被发现。所以在很多航海地图上，至今依然注有幽灵岛的标志。

还有一类火山岛是被大家所熟悉的。它们虽往往是昙花一现，但不会和其他自然现象相互混淆。没人会对它们的消失与再现感到担忧或惊讶。

有些幽灵岛并不是在一瞬间就消逝的，并且出而复没，多次反复。比方在太平洋上的汤加群岛中，有个法尔孔岛，它是 1865 年被发现的，曾被宣告是英国属地，后来就消失了。之后又出现了。再后来又被海水淹没了，1900 年再度出现了。接着又有二十年没露面，到 1921 年却又被新西兰的一只护卫舰重新发现了。

另一个时隐时现的岛是在 1831 年的时候出现的。当时的英国与双西西里王国同时都强烈要求得到它。但当英国外交官着手解决它的国籍的时候，它却消失了。三十年之后，它再一次地出现在地中海海面上。

当然了，人类对幽灵岛的认识仍在继续发展。

讲到这里，格莱兹教授看了一下手表，然后把讲桌上面的书合起来，站起身来对大家说：好了，今天，我就讲到这儿，谢谢大家。

他抱起几本书，并且用手把眼镜框向上推了一下，突然间看见了老同学苏纳斯，他马上扬起手来打了一个招呼。苏纳斯也很快跑过来，两人紧紧地握手：

"亲爱的老朋友！你所讲的这堂课，我十分感兴趣。"

"是么？我很高兴。你这是从哪里来？怎么事先也不告诉我一句？走吧！到我家里面去好好聊一聊。"

到格莱兹家里后，格莱兹夫妇请苏纳斯同进晚餐。在餐桌旁，苏纳斯向格莱兹和他的夫人讲了有关自己最近的一次航行，并且说准备到他这里来借阅一些资料。

格莱兹听了很高兴，他对苏纳斯说道："老同学！在南大洋那里有无尽的宝贝，也有无数的奥秘，让我们一同不断地去探索吧！"

饭后不久，他们两个人在学院的林荫道上面漫步。格莱兹教授还特意向苏纳斯讲起了在南大洋的见闻。

那是 1873 年，航行在亚速尔群岛海域里的"戴·格拉蒂亚"号三桅船发现一条来自美国的双桅帆船"玛丽·塞勒斯特"号，但是奇怪的是船上的船员已经全部失踪，特别让他们感到神奇的是当时船上面的情景很明显地表明船员们刚离开不久。甲板上还在晒衣服，休息舱里面，桌子上的几杯茶水仍是温的。

除此之外，船上的小艇也一条不少。船员们究竟是怎样失踪的呢？

这事件引起了历史学家、探险家以及小说家们的浓厚兴趣。所以，各式各样的猜测纷至沓来，其中最引人注意的有两种说法。

一种说法是由一个小说家提出的。照他的说法，双桅船上的部分船员是在从纽约至亚速尔群岛这一段行程之中，由于斗殴、开小差等等原因失踪了。所以在当"戴·格拉蒂亚"号遇到"玛丽·塞勒斯特"号的时候，船上只剩下三人。而这三人不是船上的正式的工作人员，因为在船员的名册上没他们的名字。"戴·格拉蒂亚"号的船长为了要得到一笔发现遗弃的船只的奖金，就买通了这三个人来隐瞒真情。他自己对上级谎报说找到双桅船的时候，它就是一只空船了。

另一种说法则是由一个探险家提出来的。他讲玛丽·塞勒斯特"号在航行的途中，突然在一个火山岛上面搁浅了。船员们纷纷离开船去察看这块新地，但是这块陆地却在刚一显露出的片刻又立刻消失了。一直等到船员们都被淹死或者随着小岛一起被海水吞没的时候，"玛丽·塞勒斯特"号又浮上来了，所以船上面空无一人。